U0123928

Treasures for Scholars Worldwide

師頤堂叢書

蔣鵬翔 沈楠 編

增廣司馬温公全集

二

〔宋〕司馬光 著

广西师范大学出版社
GUANGXI NORMAL UNIVERSITY PRESS
·桂林·

本册目録

卷二十八 歌行曲謡致語 樂章

歌行

卷二十九　古賦　古詩

卷五十二　奏議（原闕）

卷五十三　奏議（原闕）

卷五十四　奏議

卷五十五　奏議

卷五十六　奏議

卷五十七　奏議

增廣司馬溫公全集卷二十五

古詩

今古路行

出門道路多，縱橫不我測。我今欲遠行，須問曾行客。徐徐逢路人，咨問青松側。客曰君何往，荅曰遊京國。客乃指要路，而言行有益。古路雖大道，不如今路直。徂行今人路，猶如假羽翼。彼客别我去，獨自踟躕立。爲見今古路，無乃須差忒。今路足輪蹄，古路饒荆棘。欲行今人路，恐背古人迹。擬行古人路，今人笑迂僻。又擬不出門，柰有飢寒逼。哀哀於此情，悠悠蒼天色。不避今人譏，路須行古陌。古陌雖然遠，且保無蹶失。

勉哉自勉哉前古難知識不復見楊朱万古疑愁魄

偶成

於陵溥三公桔槔親灌園伯成輕南面執耒耕丘樊
淵明恥爲令乞食倚人門賢人樂遂志榮辱安足言
鄙哉毗夸子結駟乘朱軒

二月中旬慮問過景靈宮門始見花卉呈君倚

賤生參府僚荏苒踰半歲終非性所好出入意如醉
訟庭敲朴喧[illegible]了絕生意不知有青春倏忽已改燧
周章逾日旰爛漫數宵睡輕窻岌飛舉風雨頗怒雖
謂言芳菲物狼藉應掃地今晨呼馬出歷獄問囚繫
窈窕清宮深倉琅朱門閉廣殿肅層陰靈廷藹佳氣

長楊委皺緑老栢浄新翠薜荔垂蜿蜒奇石立巖巒
豁然愁憤開精神四面至事役難少留馬去尚回矚
亦足慰無聊年華不都棄

憶同寻上陽故宫路

上陽門外雲亂邊草車馬遥遥往來道昔日遊豫幾何
年今人豈識當時好明珠翠羽已成塵道上行人幾
番老當時秋天落宫槐今此婆娑皆合抱

和君倚藤牀十二韻

嗟予仕京府謀禄非謀身豈徒勞百骸銷鑠侵大真
所畏曠官誅敢辭從事勤朝訊獄中囚暮省案前文
雖有八尺牀初無偃息痕比歸軟足解帶日没軒窗昏
攜枕未及就撲面愁飛蚊未能習律令何暇闚皇墳

夫君天才秀明頴排紛右曹況清簡剸裂奚足云
未遇且堅卧逢時將致君行當起經濟膏沐醒吾人

同君倚過聖俞

王畿天下樞簿領日填積自非奉朝請九衢未嘗識
今兹到東城胥靡蹔迯役近指聖俞君安能不往覿
一室靜蕭然昏碑帖古壁叩階讀新詩迷闇得指擿
笑言殊未足黯然日將夕呼馬涉歸塗燈火已歷歷
又知幾何時更有重來迹

晚歸書室呈君倚

簿領日沉迷事役等胥靡得歸無所為未免閱書史
一種勞精神胸中異憂喜人生無苦樂適意即為美
迺知抱關人不必羡青紫

旬盧十七韻呈同舍

府官無旬休廬問廼遊息詔書禁從詣還舍始朝食緩帶對黎羹下筯免促迫門前吏卒散却掃謝來客北軒有藤床今晨始拂拭蓬鬓乱宜梳霜髭閑可摘開囊曬藥物發篋出書策菊畦親灌浸茶器自消滌於時孟秋末天晴色紺碧林葉雖未零風聲已淅瀝神明還九藏清氣襲百脉征夫觧甲冑疲馬脫羈勒蜚鳥開樊籠跳魚出鼎鬲形骸盡我有不復爲物役雖非久安逸幸得少頃適訟庭正敲扑咫尺異喧寂明朝不能然顧盼愁日夕

王書記以近詩三篇相示各據其意以詩賡之感遇

白鷴出江渚刷羽何鮮新志凌青霞端欲飲天漢津
清飈未我與陂澤聊逡巡偶爲虞羅獲遠趣無由伸
樊籠厭局促野性那能馴庭除數躑躅慘慘常畏人
皓素不入俗衆目誰爲珍稻粱不充腹日與鷄鶩鄰
舉頭畏太高俛啄空愁辛蕭蕭歛六翮憔悴傷精神
男兒五十不如意青衫華鬢遊埃塵曏爲鹽官北如
晉今爲幕吏西適秦慨然遂欲拋手板拂衣高蹈歸
水濱長竿短艇入煙雨放歌酣飲欹烏巾方今
聖朝清似水林壑谷靜無隱淪吾君夢卜偶未到勿
學君平與子眞

聖俞惠詩復以二章爲謝

我得聖俞詩於身亦何有名字託文編它年知不朽

又

我得聖俞詩於家東何如留爲子孫寶勝有千金珠

小雨

雲日互出没數朝飛雨清曈曨似欲上簾纖還未晴
映空輕絲亂著物細珠明葉端危未落荷心重復傾
喜涼高燕舞便濕群蛙鳴於子亦有得藥畹胡麻生

園中書事二絶

芳州晚日鮮油岸新雨好紅微點圓荷金蕊出幽草

又

坐嗅白蓮葉卧看青竹枝閑齋不成寐起讀聖俞詩

送劉仲通知涇州

四載一相逢今朝遽爲别儕輩日蕭條與君俱白髮

和復古大雨

積陰連日作鬱蒸長雲飛天勢如鵬白雨西往垂万縆坐間斗寒衣可增

又

雷公推車電施鞭飛騰九澤舞百川須臾開晴萬物鮮仰視白日當青天

題太原通判楊郎中水北園 希元

洛陽名園不勝紀門巷相連如櫛齒脩竹長楊深徑透令人邑邑氣不舒愛君買園中橋北堂壓崖端跨空碧满川桃李皆目前近水遠山一朝得曾陪尊兄此高會豁然如出樊籠外暫遊尚爾况久居勝氣清風日相對易生畫筆無所矜塵章篆滿壁皆逼真并州

近胡沙塵惡終更早來爲主人

首夏二章呈諸鄰

苒苒木陰濃清河自一時筍抽八九尺荷生三四枝
新服裁蟬翼舊扇拂珠絲莎徑熱未劇晨昏來往宜

又

爞爞久旱天颯颯昨宵雨鹿頭清過轍水脉生新渚
豈徒滋把菊亦可望禾黍勿咲盤蔬陋時來一觴舉

酬安之謝藥栽二章

洛人栽花不栽藥吾屬好尚何其偏服之雖能已百
疾愛閑或癖無由痊

又

護根帶土我親移荷鍤汲泉君自種悅目寧將惡草

殊扶危或比兼金重

送藥栽與之

盛夏移藥栽及雨方可種為君著履取呼僮執鍤送
到時雲已開枝軟葉猶重夕陽宜屢澆又須煩抱甕

晉康陳生庸家世以孝悌聞有異木連理
生其庭郡欵旌表其門不果王魯上
為求詩於朝士大夫以紀之

靈珠蟠泥沙濁水不能掩賢人畜美德豈必自摽撿
陳氏世同財百口共豐儉遠居嶺海間天質非陶染
邦人慕其行鬬辨日衰減祥木并殊柯重重植軒檻
或欲揭其門令人識儀範愚心私不然外獎內尤歉
已能孝悌著默致神靈感何必賜牛酒然後明褒貶

况兹詩咏味瑣瑣事絫纍才薄不敢辭適能爲汚點

送與宗之丹陽

赤日烈石土万家如洪炉君行何事役似爲貧所驅塵埃稍去眼雲景日蕭疎扁舟乘長風倏忽變三吴六年覊旅倦一室誰掃除慎勿忘回首浩蕩江山娱

同舍會飲金明詔上書事

月華駘蕩金明春波光淨綠生魚鱗煙淡草青遊人少道路若無車馬塵石渠諸君職事簡載酒擷花過春晚浮舟逐勝任所之箕踞狂歌叩舡舷眼花耳熱氣愈豪擲盃擊案聲嗷嗷驚沙颯颯繞洲渚魚龍遷去避我曹人生大料無百歲貴賤賢愚同一致在家殽蔌餘幾何一日風光不宜棄

和冲卿崇文宿直睹壁上題名見寄并寄

不疑冲卿詩序僕与不疑三人同登進士第同日太學官入校集賢書文嘗同直一室今不疑謫南方僕倅東平冲卿因宿直觀壁上題名爲詩代書

白袍昔紛紛相與會東堂帝梧碧蕭瑟翔集皆鸞皇伊予素空疏濫吹翰墨場不爲群儁遺出處聯簪裳爾來凡六閏轉轂飛炎涼同歌太學下共醉金馬旁脩竹壓窻寒天挑倚戶芳金盤剖盧橘玉壺分柘漿驩呼爲上急嘲笑杯間狂神情一契會形迹此俱忘歡餘歎薄宦離合何能常濡毫紀歲時揮霍素壁光去秋隨車轂從牒來東方城中未徧辭不疑逐南荒奔彼走郊外取別何蒼黃舉觴未及盡亟歸還束裝

行行到官下日積簿領壮文書擁筆端胥史森如牆
况當三伏深雲汗尤淋浪細蠅繞眉睫駈嚇不可攘
涔涔頭目昏始覺冠帶妨誠知才智微吏治非所長
懼貽知己羞敢不益自強因思甌閩遠南走侵溟漲
炎蒸異中縣從古無雪霜終朝坐第居鹽茗征行商
讙譁費舌解橐收毫芒不疑性高介此固安可當
山川幾千里問評誰能將冲卿居京邑青雲正騰驤
寓直紫臺上風露澄東廂清夜不成寐綉步聊彷徨
排此壁上塵遠懷同舍郎英詞歘感發高義紛激昂
泠泠宮殿虛諷咏何琅琅手書成两道貺之古錦囊
一往泉山南一致汶水陽堅重金璧體光寒矛劍鋩
迺知賢雋心淺俗未易量何常用榮枯遷爾分否藏

居然激褻薄更使清風揚

君貺垂示嵩中祈雪詩十章合爲一篇以醻之

今朝必雨天不雪麦寄浮埃根欲絶　聖主焦心憫萬方負扆不怡常膳撤　詔書朝下徧九州岳瀆百神俱禱求西都留守虔　君命促駕不敢須史留嵩高万仞蟠地中海内衆山無與雄前驅大旆擁千騎波騰馬湧來圍岳牲肥酒香籩豆絜盛服齊明薦毛血有司執事皆肅然寶帳神來風窣屑公心猶畏九閽遥丹誠不得通青霄分留導從屯林麓別張醮具登山巔山椒迢遰峻無極行挽枯藤躡危石万室嶔嶔愁死飢敢憚劬勞愛餘力天門山出俄坦平下視

一丗塵杳冥焚香拜手傾懇惻左右前後皆列星公
今三守三川地咫尺嵩高未嘗至詰朝旣畢祠事嚴
暫轉鳴珂歷諸寺少林昔爲達磨居達磨英靈今有
無廈辭流散滿天下競以兩手捫空隅法王魏氏離
宮牖土刻狻猊鄉猶有子孫宗廟皆塵灰止見伽藍
存不朽會善庭隅千歲松一根三股夌寒空勢如鼎
足挺秀出泠泠永夜吟霜風少室先生樂閒暇棄官
來家玉峯下昔爲浪泊據鞍人今結東陵賣瓜舍溪
上有堂名掛冠四壇重複皆林巒呼兒掃地喜公到
隨分絃歌留盡歡周王太子名聞久相傳羽化緱山
首鶴飛笙遠杳無迹遺廟今人空瀝酒公來本不事
遨嬉周流閭里詢疲羸親呼令長囑赤子勿貪名利

窮鞭笞境中群望無不走岡巒仍過鼇龍口奉先春
拔林日曛浥潤晨征轍水孚歸來新詩盈一編明珠
大貝相屬聯此行雖不從公後歷歷勝遊皆目前

增廣司馬溫公全集卷二十六

古詩

超然臺詩寄子瞻學士

使君仁智心濟以忠義膽嬰兒手自撫猛虎鬚可攬出牧爲龔黄廷議乃陵黯萬鍾何所加甔石何所減用此始優游當官免阿諂歸時守高密民安吏手斂乘閑爲小臺節物得周覽容膝常有餘縱目皆不掩山川遠布張花卉近綴點筵賓殽核旅燕居兵衛儼比之在陋巷爲樂亦何歉可笑夸者愚中天猶慘慘

張明叔兄弟雨中見過弄水軒投壺賭酒薄暮而散詰朝以詩謝之

喜君午際來凉雨正紛泊呼童掃南軒壺席謹量度
軒前紅微開壺下鳴泉落榹瓜泉上疊之以瓠每投壺極上設槕繞之槕去壺各二
鞅必爭如五射有禮異六博求全法無成倒置畏反躍
新格倒中者中之筭盡廢之壺雖無百驍巧且有一笑樂交飛觥酒滿
強進盤飧薄苟非興趣同玲敔徒綺錯

和景仁緱氏別後見寄求史樂議雖用
其韻而不依次蓋以景仁才力高逸步
驟絕群非駑拙所能追故也

至樂存要眇失易求之難昔從周道衰疇人曠其官
聲律久無師文字多缺漫　仁皇憫崩壞廣庭集危
冠紛紜鬪筆舌異論誰能殫或欲徇陳迹藪厚潛鏤
劍或欲立私意妄取舊史刊古今互齟齬大抵皆欺

讕景仁信其說壘守不可干賊子欲面從誰其撥膽肝必求此議决深谷爲崇巒如何兩置之試就中和看天地育万物生成適暄寒聖人保四海皇極致阜安樂理亦如此炳燮猶朱丹嘽緩與噍殺折衷遺兩端茲道苟不由芒刃難嬰髖魯樂最爲備雍徹施三桓齊韶猶肄習太公避陳完唐民聽伴侶不復含悲酸乃知樂有源鍾鼓皆波瀾昨者清明初榆火始改鑽景仁從許來傾都感聚觀諸公競邀迓非獨惜春殘議樂不復對晝夕且窮歡來時桃李濃去日芍藥闌三旬只須臾駛若阪上丸轣轆逢兩别惆悵歸騎單東西步步遠回首祝加餐仍冀勉中和恕廣紬繹自肝

和秉國招景仁飲景仁不至方作書與

光論樂

小桃佳李實如茜西胡盡眼鋪芳蓮景仁不從鄉賢
飲爲此樂論方窮研周禮官失疇人散鍾律要妙誰
能傳近人欺衆出私意最可閔笑房生顛如某初不
辨宮羽是非得失安敢專彝煩數諭累百紙頑如鐵
石不可鐫王李阮胡相詆毀各執所學何妨偏景仁
家居鑄鬴斛欲除民瘼恐未然要須中和育萬物始
見大樂之功全

聞景仁遷許昌爲詩寄之

天衢名利塲塵泥繼朝昏況玆辭榮久猒苦車馬宣
慨然忽高舉歸若黃鵠鶱朝賣西城宅暮理南行轅回
首豈無懷眷眷望國門想象解裝初完美未可論從

横置老屋缺剥周短垣藏獲念去故吹爨假甖盆幼稺喜就新階庭走諸孫幸有克家子生事不日温許昌昔名都於今亦雄藩先賢雖已遠風迹凛猶存況復多巨公分義素所敦丞相辭黄閣學士求朱轓青雲同禁省白首會山樊淇水湛寒光盡眼清心蒐華堂臨曲渚畫舫承芳樽高談金石奏逸筆風雨奔得朋誠多歡孤陋未可諼時當惠好音獨樂慰荒園

和景仁西郊野老詩十一月二十七日

西郊廣路浮壤黄上天雨泣寒雲蒼鸞旗閶戟紛晻靄邑從威神歸帝鄉田家老父眉睫白杖藜匍匐笑路傍且云生逢至仁王蠲租罷役歲為常蠶收百箔桑蔽野麻麦極望無邊彊去年翠華出賽雨錦綉綿絡

墟里光拜迎六馬負縑帛孫扶嫗接歸揚揚自分謳
歌畢餘景一朝縞素安可防哀聲傾洞徹四極草木
慘澹顏色傷螻蟻襄齡不足贖淚如飛雪空沾裳河
縈洛貫嵩峯足泉底蒙瀛日月長羨門已閉禹車返
軏上空瞻金鳳皇

和景仁題崇福宫二首

歷歷山頭雪泠泠松下風樽中亦有酒恨不與君同

又

不獨山頭白人頭亦垂素積雪有時消青山色如故

秋懷呈景仁

草木正蕃廡孰知天地秋況兹宿雨餘景氣益和柔
逍遥愧簪紱夢想懷林丘兹志久未果素髮今已稠

仰視白日光浩蕩浮雲流安得黃鵠羽陵風千里遊

又和秋懷

疇昔共登仕爾來三十秋常稀絲繩直竊恥鴟夷柔蹄涔學鉅海蝗蛭依崇丘行之不自疑親寡憎怨稠於今不亟去淪胥恐同流努力買良田遠追沮溺遊

喜景仁直秘閣

延閣屹中天積書雲漢連神宗重其選國士皆為偏夫子岷嶓秀聲名俊造先清標峻不極勝氣駃無前侍酒猶懷璧臨岐肯着鞭介推不求顯張季久方遷玉檻鈎陳上丹梯北斗邊帝容瞻日角閣有太宗聖容宸翰照星躔職秩曾無貴光華在得賢公卿殊未晚尚少買臣年

劒山呈范景仁

劒山中斷融爲川清江宛流鬱回旋溝塍阡陌粲如繡香秔紫芋皆良田地靈物秀氣淑質由來衮衮生英賢朝家文明所及遠於今臺閣尤相聯獬纓鳴佩走聲望出入金馬如雲煙柰何應辰獨壈坎華髮未得離賓筵璵璠縣黎已爲寶結緑豈得偏棄捐願君彈冠自重惜邑人行誦子虛篇

八月十六日過天街懷景仁

秋潦收四野晴雲無一班忽驚龍門缺遠見鳴皋山涼飈入毛髮顥氣清心顔悠然念吾友逍遥城闕間思陪藍輿尾共此登臨閑

早春戲作詩呈景仁

聞餘春意早卉木先有思嚶嚶群鳥翔東西各求類
伊予忝諫垣動息抱憂悸衮職曠不補言責真可畏
况復禁過從陋巷若囚繫茅茨庇風雨褊隘無餘地
時於壞垣隙歷歷生新薺君侯乃比鄰跬步難自致
常思去歲初西軒習歌吹座客皆故人歡笑無拘忌
平生不喜酒是日成爛醉豈言長揖歸良會難再值
東風忽復來時華一何駛叢竹固無恙夭桃作花未
朝廷正清明詎肯容竊位何當遂廢放歡飲還自恣

景仁召飲東園呈彦升次道尹錫才元
子容

去冬辱 嘉招寒林方贔屭今秋侍高晏晴日正澄
麗雖無花蘤繁且有丘樊思雖無山泉樂暫遠塵土

氣僕休散城邑馬縱脱羈攣讙呼嘆言適散誕冠帶棄殊勝禁掖嚴進止有常地

雙井茶寄贈景仁

春睡無端巧逐人驅呵不去苦相親歆憑洪井真茶力試遣刀圭報谷神

同景仁寄修書諸同舍

烈火非不猛不耗百鍊金寒霜非不嚴不凋竹柏林小人勢利合傾覆無常心君子道德親白首猶視今諸君闉臺秀相得如琴琳離群一昔朝乃爾動悲吟古風久已衰交道日頹侵願名思友操播之清徽琴

投梅聖俞

聖俞精爲詩堅重比白玉至寶識之希未必諧衆目

應辰仰高風跂聳自西蜀平生未相識歎歎不自足
薦困遊京師旅食止脫粟得官當入秦行李未結束
光來聖俞門執贄請所欲九衢季冬月風沙正慘黷
羸馬憚遠行毛鬣凨寒瑟縮旅拒不肯前一步九刺蹙
飢僮袖攤口手足盡皸瘃論詩久未出竊罵怨滿腹
歸來面揚揚氣若飫粱肉纍纍數十字疎淡不滿幅
自謂獲至珍呼兒謹藏蓄長安十五驛重複間川陸
置詩懷袖間勸懣亂輒披讀高吟桑野闊日暝即投宿
自可忘羇愁行瞻灞陵曲

酬胡侍講先生見寄 瑗字翼之

后王命天官考績弊群吏屬曹省伐閱專職米鹽事
賤生得承乏竊祿聊自庇才力困不逮慘慘日憂惴

賴伊僚友賢剸裂沛餘地自知雖寄名不足繫軒輊
先生喜誘掖貽詩極褒賁誰去歲杪寒面熱汗沾漬
非不悅子道駑鈍力難致常恐負吹歔終為重言累

增廣司馬温公集卷二十七

古詩

送史館唐祠部詢字彥猷江南西路轉運使

豪傑爭唐鹿江南號國強明時須混一餘俗尚彫傷
税版誅求急詞曹隸訴裴皇心愍頹弊使節付才良
貪吏先投紱姦民盡越鄉閭閻無揷筆畎畝有棲糧
漢閣歸期闊隋河去驛長風高片帆疾鉦鼓入秋光

寶鑑貽開叔

流塵集寶鑑塵昏鑑不昏纖泥落清水泥渾非水渾
人能辨二物相與自忘言二物不能辨悠悠何足論
無爲捨其内遂外取煩冤

贈興宗

窮達有常分得喪難豫言古今浩茫茫倚伏安可原軒裳彼自榮舉俗同崩奔錙銖校重輕水火殊凉温君子固無媿立身明本根度矩苟不愆寵辱徒喧喧有如清濟流横貫長河渾景公馬千駟南面雄東藩陶青劉舍徒位爲丞相尊當時非不顯磨滅何足論顔回在陋巷藜藿甘盤飧原憲結弊衣蓬蒿塞其門當時豈不窮至今榮名存况君齒方壯德業素所敦安知塌翅歸不作凌雲翻要之白首期壯烈施元元爲君畫善策灑掃清前軒長舒四五榻客來輒開樽群愁喜伺人稍醒必煩寃拒之亦無他體中常昏昏

興宗南園草盛不剪僕過而愛之爲詩

贈主人直講邵亢

君家在何許遠與南城鄰車馬不甚繁門前無俗塵
有園廢鉏治繞舍皆荆榛入夏益滋蔓駸駸高沒人
豈無舊桃李蕪雜與之均謂言彼草木於我奚疎親
放開置取舍豈得完天真不若任其然同受雨露仁
物性且不違人心何緇磷閉戶不迎客箕踞無冠巾
苟忘軒冕心何異巢居民

出都日途中成

賤生習山野愚陋出於骨雖爲冠帶拘性非樊籠物
揚鞭出都門曠若解徽紼是非天氣惡靈沼波蕩汩
龍鬣交騫騰群鷗遠浮沒川原寖踈豁煙火稍蕭瑟
草木雖未榮春態先髣髴桑稀林巳斜柳弱條可屈

蛛絲罥晴陽鼠土壅新窟徐駈款段馬放轡不呵咄
與爾同逍遥紅塵免蓬勃

重經車輞谷

昔年道經車輞谷直上七里監南坡今年行役復到
此方春流汗如翻波中塗太息坐盤石涕泗不覺雙
滂沱我生微尚在丘壑強若麋鹿嬰虞羅人踰三十
只有老後時過此知如何雲泉佳處須速去登山筋
力行蹉跎

送巢縣崔尉

弱歲家淮南常愛風土美悠然送君行恩逐高秋起
巢湖映微寒照眼正清泚低昂蹙荷芰明滅紫葭葦
銀花鱠肥魚玉粒炊香米居人自豐樂不與他鄉比

兄得良吏来倍復蒙嘉祉君爲太學生氣格已英偉
登科如拾遺舉步欻千里毋嫌位尚微觀政此爲始
尊公久場屋上國困泥滓豈不重相離念子勉爲理
當今佳譽新煒煒滿入耳高堂雖在遠聞之足爲喜
何必蓄三牲然後稱甘旨

酬次道初登

林葩積浮脆煙露矜春姿山桂結芳堅水散橫秋枝
夫君名卿嗣華實雙蕤蕤如何仕不偶通籍鬢生絲
豈非秋桂類又足煩嗟咨我今二十餘[illegible][illegible]無他奇
正恐食浮人敢言位猶卑同登天子廷自視誠非宜
清朝正求治諫路方坦夷太平可立致此任非君誰

奉同景仁次道太常致齋韓廷評維見

過閽人不内韓去乃知爲詩謝之

端居太常著寒日淡孤清取酒呼諸友談笑方縱横韓君士林秀四海依高名家襲鍾鼎貴身無簪組縈逍遥風塵外萬物秋毫輕未嘗妄過人所過以爲榮如何枉玉趾及門失相迎主人豈傲客事有迷誤并追延既不及相視徒嗟驚威鳳顧脩梧不下逎孤征景星欻呈彩旋有流雲生靈物固難覩俗眼真不明投謝有何物珉石從雙瓊

送守哲歸廬山

哲公金陵來神韻自孤秀京華三十春高節愈幽茂烜赫公卿門道俗日奔走自非趣尚合一息不相就慷慨賢豪士波溢千金富蔬飯苟有餘秋毫未嘗受

顚㖣不可變堅白如瓊琇居然尚愁寂終壓塵土臭忽
思香爐雲奮蔚冠孤岫振衣尋昔遊煙霞宛如舊絡木
藤蔓長纏㸑若松根瘦瀑泉響晝夜甃乳管添香竇茅茨
搆方丈宴坐度清晝几席滿奇花階除馴猛獸方知
物外樂回視人寰陋塡勿露聲光愚迷將輻湊

清明後二日同鄰幾（集賢校理江休復）景仁次
道中道（國子監主簿宋求）輿宗元明秉國（大理評事韓維）
如晦（國子監直講裴煜）公踈（篆石經胡恢）飲趙道士
東軒以日暮天無雲春風微和爲韻

得和字

寂寥清明後餘春已無多閑軒賦佳致不惜載酒過
水木晚尤秀風煙晴更和臨樽不盡醉奈此芳菲何

送僧聰歸蜀

翠栢老精舍紅塵倦帝城千山一錫遠万里片雲輕
江棧紆還直天星蹤復横聽猿應更喜還是故鄉聲

送文東師歸眉山

至人心如雲去住誰所適飄飄涉四海豈復校喧寂
朅來王城遊紅塵曖晨夕忽思還故峯不可留宿昔
離合皆自然於何寄驩慼從兹坐林下白首傲泉石
山鳥集掌中巴猿侍執錫寺前煙蔓深何處求行跡

謝始平公以近詩一卷賜示

皇家駿命丞蒼穹于民之傑生維嵩聖賢會合告符
契坐致四海登熙隆三階清平九鼎重指麾拱揖安
華戎人情誰不樂将相徃徃皓首忘疲癃北平 飲乳

尚懷卭千秋乘車猶入宮維公致政年甫至耳目明
利志氣充憣然脱去萬鍾祿羽儀高遠如翔鴻虛臺
不復絓塵務至德恬惔含黄中英華純粹積不發事
業轉為文字工大篇短韻間金石遠追吉甫流清風
刻彫衆物非用意默與元化參神功庾劉鮑謝專奇
巧細瑣豈足誇于雄裸圭夷玉清廟器肯與環玦爭
玲瓏絳帳生徒東閤客微官拘縶如樊籠言詩何敢
望商賜幸得誦詠袪童蒙昏花滿目不自惜服膺盥
手書一通千金之寶不可易子孫寶蓄傳無窮

朝鷄贈樂道

小鷄距短雙翅垂廣場勇鬭無所施清曉長鳴獨先
衆朝者特此能知時星河滿天月光白東望扶桑悄

無色一轂高舉耳目醒四遠群陰俱辟易陋巷人跡
煙水稀永夜沉沉鍾鼓微聞之徐起就盥櫛顛倒不
復憂裳衣君家迥居北城曲阿閣嶣嶢日鳴玉蕭蕭風
雨　得司晨不使無功啄君粟

寄樂道十二韻

聖主樂忠諫曲從如轉圜玉色粹陽春至仁生自然
所慙群臣愚無以稱開延賤生何爲者側足青規前
頑石不可鍊安能補高天狂簡昧大體所依官長賢
有如驂之勒左右隨周旋庶幾助山甫衮職無尤愆
緬思老成人阻親函丈筵豈不寸心勞動爲纆徽牽
何當執壽卮跪起得耆肩相顧藐無期瞻望徒悄悄

和始平公見寄八韻

嚮來從後車雍容鎮藩垣政成簿書簡終日侍清樽
今茲備言職不得登朱門違離距幾時風色變寒溫
忽聆吉甫什穆如承話言安得六翮生隨氣遠飛翻
垂耳倦新羈蹀足思華軒諒無伯樂顧疲勞安敢論

吹簫

古人吹簫者以和虞韶聲後世不復貴給喪仍賣餳

齊山詩呈王學士

江上有奇山群峯矗如剪昔聞齊刺史置酒外絕巘
其人有惠政嘉名自茲遠君來踵其迹詞牒日清簡
驪駒時入谷勝地窮搜選問俗復懷人非徒事遊衍

初見白髮慨然感懷

萬物壯必老性理之自然我年垂四十安得無華顛

所悲道業寡汩没無[redacted]賢深懼歲月頽宿心空棄捐視此足自儆拔之乃違天留為鑑中銘朝夕思乾乾

贈道士陳景元酒

雖根委餘翦堦角擁殘葉清言久不挹何以慰疲茶朋樽涵大和高興雅所愜誰云居室遠風吹日可接

夏夜

溽暑欝不開矗矗雲萬疊長風卷地來涼雨不濡葉雖無潤物功涼冷得所愜須史號怒息清月照壁頰小冠簪短髮衣裾輕獵獵欹傾依曲几暫雨蘇疲茶坐久不思眠草間微露浥

種竹

種竹南墻陰竹生皆不觸苟非陽在北竹性安可強
乃知就陽意草木皆有情園葵最柔弱獨取傾心名

花庵寄邵堯夫

洛陽四時常有花雨晴顏色秋更好誰能相與共此
樂坐對年華不知老

又

自然天物勝人爲萬葉無風綠四垂猶恨簪紳未離
俗荷衣蕙帶始相宜

新遷書齋頗爲清曠偶書呈全董二
秀才弁示姪良富

長夏暑候濁雲火高巑岏豈徒肌骨煩木卷川流乾
新居得南齋楹檻稍虛寬森羅對草樹曉暮清陰寒

汛掃布几帷氣鮮粗可安圖書雖多非亦足備覽觀
聖賢遂事業細大無不完高出萬古表遠窮四海端
於中苟得趣自可忘寢餐兒今有道世穀禄正可千
勗哉二三子及時張羽翰力學致顯位拖玉簪華冠
毋爲玩博奕愁取一笑歡壯年不再來急景如流丸

聞濟川迎吏未至秋暑方劇呈同舍

二韻

鑠金避苦火暑氣尤驕盈朱光爍厚地万葉焦无聲
夫子久倦遊得郡爲親榮束裝待趍吏歸期殊未成
埃沙塞廣陌蓬藋擁前楹出處兩不愜孤坐心煩縈
何時鸞飈來歸蕩天地清郊墟草樹疎千騎從雙旌
飄飄若神仙皂蓋西南征離群詎幾時豈不懷友生

有意肯相過不妨户屧并官舍稍虚涼愧無殽酒延

招子駿堯夫

虚牖延朝光高林散晴靄深夏猶清和閑齋亦爽塏
離群繞宿昔跂佇心已痗盃柈頗光絜置設儼相待
軒車能揭来鷄黍足充餒

增廣司馬溫公全集卷第二十七

增廣司馬温公全集卷二十八

歌行曲謡致語

歌行

苦寒行 十二月九

窮冬北上太行嶺霰雪糺結風崢嶸熊潛豹伏飛鳥絶一逕僅可通人行僮飢馬羸石磴滑戰栗流汗皆水成凍妻愁兒號強相逐萬險歷盡方到并并州從來號憭烈今日迺信非虚名陰煙苦霧朝不散旭日不復能精明跨鞍攬轡趁上府髮拳鬚磔指欵冬炭炉炙硯湯沃筆重復畫字終難成誰言醇醪能獨立羸腹進裂無由傾石脂裝火近不熱蓬勃氣入頭顱醒

仰慙鴻鴈得自適隨陽南去何冥冥又慙飛鳥識時節巖穴足以潛微形我来盖欲報恩分契闊非徇利與榮古人有爲知巳死只恐凍骨埋邊亭中月故（音古）人豈念我重裘厚履飄華纓傳聞此北更寒極不知彼民何以生

君倚日本刀歌

昆吾道遠不復通世傳切玉誰能窮寶刀近出日本國越賈得之滄海東魚皮裝貼香木鞘黃白間雜鍮與銅（賈人云真鍮似金真銅似銀）百金傳入好事手佩服可以攘祆凶傳聞其國居大島土壤沃饒風俗好其先徐福詐秦民采藥淹留童丱老百工五種得之俱至今器用皆精巧前朝貢獻屢往来士人往往工辭藻徐福

行時書未焚逸書百篇今尚存令嚴不許傳中國舉
世無人識古文嗟予乗桴欲往學滄波浩蕩無通津
令人感歎坐流涕鏽澁短刀何足云

風林石歌樂著作抗字子直得此石於朱陽山

聞君家有風林石鐫刻無痕畫無跡靡靡然合勢俱左
傾偃蹇常如負風力置之坐側野意生靜聽若有颼
飀聲忽疑身世在立壑使我蕭然無俗情黃金白璧
豈非好子直視之不爲寶

同聖民過楊之美聽琵琶女奴彈啄木曲

觀諸公所贈歌明日投此爲謝

坐曹據案心自瘁出門上馬行何之闃然久不見之
美率意共往初無期正逢攬轡欲有適爲我却解速

環羃閒軒適足容數客夏末初繁有佳色呼兒取次具杯盤青眼相逢書無極檀槽錦帶小青娥姝質何須誇綺羅按絃運撥驚四座當今老手誰能過彈為幽鳥啄寒木園林颯颯春風和喙長爪短躍更上丁丁取蠹何其多曲終拂羽忽飛去不覺酒盡朱顔酡已聞啄木曲又覩啄木歌雄文更復值絶藝有如天際傾長河今朝壯觀誠極樂去此將奈寂寞何歸來解帶豁胷腹坐踞胡牀仰看屋從今三日不洗耳耳内泠泠有殘曲人間何物號富貴紆紫懷金盡虚器如君自處真得策身外百愁都擲置太學餐殘月幾何客來取酒同醒醉

和介甫明妃曲

胡雛上馬唱胡歌錦車已駕白橐駞明妃揮淚辭漢主漢主傷心知柰何宮門銅鐶雙獸面回首何時復來見自嘆不若住巫山布袖蒿簪嫁鄉縣萬里寒沙草木稀居延塞外使人歸舊來相識更無物只有雲邊秋鴈飛愁坐泠泠調四絃曲終掩面向胡天侍兒不解漢家語指下哀聲猶可傳傳遍胡人到中土萬一它年流樂府妾身生死不知歸妾意終期寤人主目前美負良易知咫尺掖庭猶可欺君不見白頭蕭太傅被讒仰藥更無疑

謡

和公廙惜春謡

朝来風雨歇春意漠然収去我不辤誰憑誰能借留杓星漸西轉洛水自東流曲渚撒華幄芳園罷彩毬雉鳴丘麦秀蠶起野桑柔乱絮天涯满晴陽草際浮已嗟心緒减況復鬢絲稠懶聽新翻曲非爲負勝遊

劉伯書坐中度曲命曰惜春謡

憫獄謡

五刑象天有震耀上聖本以防姦邪法官由来少和柔皐陶之面如削瓜況於秦漢任酷吏死人藉藉如乱麻棰楚之下靡不得小者剠刖大滅家君不見古時牢獄地幾多寃骨埋黄沙

窮兔謡二首

鶻翅崩騰来九霄兔命迫窄無所逃秋毫就死忽背

躍鶻拳不中還飛高安知韓盧復在後力屈但作嬰兒號少年秪取一快樂誰念草根腥血毛

又

兔營三窟定何在棘闇塹底高丘巔却行百步方躍入未免餘蹤留雪田少年何爲無惻隱能鷹縱犬薫以煙人言兔狡非兔狡窘急偷生真可憐

介甫吟巫山高命某屬和勉率成篇真不知量十一月十日

巫山高巫山之高高不極寒江西來曳練長群峯森羅十二戟青猿悲號裂翠崖老蛟怒鬬撐丹壁輕生重利三巴客一葉直衝高浪白船頭吟嘯坐自如仰視長天不盈尺散祠象設儼山椒巫祝紛紛非一朝

太是高唐神女之所處至今暮雨常蕭蕭我聞神理
明且直與士維觀惡与德安肯來從楚国君憑依夢
寐爲淫昏襄王之心自荒惑引領白望陽臺雲獨不
思懷王西行不復返甲光照地屯秦軍蠶食黔中下
荆門陵園宗廟皆燒焚社稷飄零不復存嗟嗟敖蚡
篳路藍縷空辛勤

致語

樞密院開啓　聖節道場排當詞

紫電流樞元聖誕膺於丕運歘花滿地輔日祇奉於
仁祠憑不垢之勝緣佑無疆之遐筭仍修高會共詒
多娛冝盡從容式昭慈惠

蔓龍滿座集纓紳花雨仍添一日春欲識華胥何處

在只應近與醉鄉鄰

致語

德水澄瀾　上聖應期而誕降崇立儲粹大賢名世以挺生盡精神之會昌若符契之相合必資同德用厎太寧恭惟　尊号皇帝　陛下容覆如天照臨若日躋群生於富壽之域納庶俗於仁義之塗雷雨弗迷魚鱉咸若伏惟某官丕宣忠力克壯遠猶筦樞機而均四時撫韜鈐而制八狄屬呈祥於里社巽徵福於香城大啓梵筵同祈眷筭玉毫珠髻既仰賴於慈雲寶案金觴仍函濡於湛露肴羞交錯笙磬駢羅仁澤醲於惠風喜色饒於淑氣某忝樂吏獲對台庭不揆蕪才敢獻口号華渚流星表聖期宗工齊祓敷仁

祠異花散漫承嚴供妙樂從容奉宴嬉印紱相鮮金錯落珮環交映玉葳蕤乾坤長久南山固此地年年捧酒巵

勾曲

八音繁會六律均諧上悅台顏把色合曲

御筵送李徽昭亮知真定府

匈奴舊畏李將軍今日重来幾代孫旗尾飄揚山燒裂馬蹄騰踏塞塵昏胡兒稽顙朝　南闕天子垂衣寄北門幕府事閑刀斗靜碧潭嘉景日開樽

致語

天文垂象貴將陪扆於太微地險流形常山控臨於大漠矧聖神之御極懷荒遠以嚮風秋塵无驚夜户

不閉春是股肱之郡委於心膂之臣武節兼人雄規絕衆元戎十乘董銳士以啓行清酒百壺命賢王而出餞菜生道路威動塞垣駐大旆於近郊留朱輪於清禦某叨居鄉部幸對台光不揆蕪才敢獻口號

秋風蕭瑟引華旌祖宴高張出斗城玉饌芳菲羅百品鐵衣照耀擁千兵驪歌未闋長揚苑騎吹先臨細柳營雨露醲恩何以報沙場不惜樹功名

慶文潞公九老會口號

某聞三代之盛未有遺年五福之先莫如享壽恭惟開府太師才爲人傑位極　帝師黑頭強仕之時已登鼎廟黃髮老成之日還賞林泉賁熙洽於三朝保康寧於八十太公望口餘兩齒猶釣渭濱田千秋見

乘小車尚書相印何曾則始爲太宰石鑒則甫拜司空平津之談論多聞方叔之謀猷克壯獨兼具美慶越前修留守相公鎮撫都畿典司宮鑰過唐虞之無事喜稷契之得朋大啓華筵益祈遐筭提舉端明惜盛事之難值慕賢者之所爲親邀相車就宴甲第跪斟芳醑仰祝椿齡不揆荒蕪敢獻口號

元勳茂德古無倫海内高閑第一人台席已酬調鼎志磻溪還作釣魚身師臣首冠三旌貴歲曆行開九帙新頤過期頤躋上壽飛觴四十有餘春

寒食 御筵口號二首

雨意沉沉發火餘蒼龍盛集退朝初酒殽絡繹來舟禁冠劍參差下玉除紫鳳歸飛雲爛熳黄鸝新轉柳

抃踈麦禾滿野邊烽息佳節何妨賦樂胥

又

聖主褒優鼎軸臣金觴玉醴照青春万家煙火朝来静九陌風光雨後新飛甍高鬪鱗紫綬餘花點綴託朱輪問牛因得覲民俗不獨嬉遊惜令辰

樂章

西江月

昔楊元素學士嘗云端明司馬公剛風勁節聳動朝野疑其金心鐵意不善吐婉孅辞近得其席上所製西江月一篇雅亦風情不薄

辭曰

寶髻鬆鬆綰就鉛華淡淡粧成紅煙紫霧罩輕

盈飛絮游絲無定
相見争如不見有情還似無情笙歌散後酒初
醒深院月明人静

又河橋參會

范公鎮景仁司馬光君實吕公公著晦叔熙寧初同
在禁林為學士于後景仁致仕君實晦叔各在外服
至熙寧十年晦叔移知河陽景仁君實游濟源因參
會於河橋君實即宴作西江月辭以道舊并叙别景
仁晦叔皆依韻賡之並為絶倡

辭曰

鼇禁十年同舍河橋三月春風緑楊陰底一樽同
道舊依稀如夢

歌罷塵飛酒盞舞餘花落筵中主人開宴客西東此別千金非重

中呂調踏莎行寄致政潞公

瀍水雲深銅駝風暖重陽動色輕冰斷雪花獨共鵷鴻飛燈光漸與簪榮滿德行星高文章錦煥冥鴻威鳳煙霄伴脂車須在落梅前新聲飜入韶華管

增廣司馬温公全集卷二十九

進交趾獻奇獸賦表 嘉祐三年八月

臣某言：今月二十五日有詔詣崇政殿觀交州所獻異獸，曰麒麟。若臣愚不學，不足以識異物，竊以麟瑞獸也，曠世而不可覩，其於經有名而無形，傳記有形而去聖久遠，衆說紛揉，自非聖人莫能識其真，況承學之臣，固不能必其是且非也。臣某誠惶誠恐，頓首頓首。竊以王者道盛德至，格于神明，則有仁獸不召而自至，不羈而自馴，此其所以爲瑞也。生於遐荒，拘之檻櫝，載之方冊，輿曳萬里，致於闕庭，形質詭異，不應經傳，真僞之間，未易究測。儻其真也，則非自然而來；設其僞也，徒爲遠夷所笑。殆非所以發揚聖朝之光輝，補益治平之實效也。旅獒曰：不作無益害有益功乃成不貴異物賤用物民乃足犬馬非其土性不畜珍禽奇獸不育于國不寶遠物則遠人格所寶惟賢則邇人安臣竊以為宜延見使者賚之金帛賜以詔書嘉答其意歸其麒麟使復故壤然後登俊傑之才修政治之實使家給人足禮興樂行四夷賓服天瑞自至以時振楚之意不亦盛乎臣不勝憤悱謹述交阯獻奇獸賦一篇奉表投進以聞臣某誠惶誠恐頓首謹言

交阯獻奇獸賦

皇帝御天下三十有六載化洽於人德通於神邇無不懾遠無不臻粤有交阯來献麒麟其為狀也能頸而鳥嘴獅首[illegible]身犀則無角象而有鱗其力甚武

其心則馴蓋遐方異氣之產故圖諜靡得而詢於是
降輶車之使發旁縣之民除塗於林嶺之隘引舟於
江淮之濵曠時月而涉萬里然後得入覲乎中宸與
夫彫題卉服之士南金象齒之珍款紫闥而坌入充
彤庭而並陳於是羣公卿士百僚庶尹儼然垂紳薦
笏旋進而稱曰陛下功冠遠古化侔儀極恭承神
祇嚴奉宗禩紹孝蒸蒸小心翼翼出入起居不忘於
訓典進退周旋必咨於軌則躬文王之卑服遵大禹
之菲食宮室觀臺無雕刻之華輿馬器用無珠玉之
飾遊必偹於法駕燕不廢於朝夕此者帝王所不能
為而陛下行之尚不忘於怵惕是以方內乂寧黎
民滋殖垂髫之童耳能習於詩礼戴白之叟目不睹

夫金華至於根著浮流跂行喙息無不翔舞太和涵濡茂澤此殊俗所以嚮晉臻而靈獸所以來格雖漢室之初黑鸝貢於絕徼周家之隆白雉通於重譯殆不足方也臣等謂宜命協律權之聲歌詔太史編之簡策以發揮不世之鴻休張大無徐之丕績不亦偉乎皇帝乃穆然深思愀然不怡曰吾聞古聖人之治天下也正心以爲本脩身以爲基闢門睦而四海率服朝廷和而群生悅隨故務其近不務其遠務其大不務其微今邦雖康未能復漢唐之宇俗雖阜未能追堯舜之時況狗尚疵癘而民猶怨咨朕何敢以未治而忘乱未安而忘危享四方之獻當三靈之釐且是獸也生嶺嶠之外出沮澤之湄得其來吾德不爲之

大縱其去吾德不爲之虧奈何貪其琛賫之美悦其鱗介之奇容其欺紿之話聽其諂諛之辞以惑遠近之望爲蠻夷之嗤不若以迎獸之勞爲迎士之用養獸之費爲養賢之資使功烈烜赫聲明葳蕤廢耳目一時之玩爲子孫萬世之規豈不美歟於是羣臣拜手稽首咸曰此盛德之事臣等愚戇所不及陛下誠有意於此臣等敢不同心竭力對揚而行之皇帝於是御棫樸之篇觀大畜之繇延黄髮之儒顯嵓穴之秀善有可旌無間於幽遠言有可采不弃於微陋位匪德而不升官無能而不授使稷契居左皐夔立右伊吕在前周召侍後相與講經藝之淵源覽皇王之步驟成大化之所未孚訪惠澤之所未究興民之利

若療夫飢渴除民之害若憂夫疾疢賜予簡而功無所遺刑罰清而姦無所漏浮費省而物不屈於求須苛役蠲而農不妨於耘耨使之夏有葛而冬有裘居有倉而行有糧絲纊之饒足以養其老甘脆之餘足以慈其幼地不加廣而百姓足賦不加多而縣官富使道塗之人恥爭而喜讓閭閻之俗弃澆而歸厚戶知禮義之方人享期頤之壽然後旃裘之長頓顙而龔服祝髮之渠回面而奔走靡不投利兵而襲冠帶焚僭服而請印綬於是三光澄清萬靈敷佑風雨時若百稼豐茂休氣充塞殊祥輻湊甘露霡霂於林薄醴泉觱沸於散竇華芝羅植於階戺朱草叢先於庭霤鳳凰長離騈枝而結巢黄龍騶虞群友而為畜

由是觀之則彼遠夷之凡禽瘴海之怪獸皮不足以備車甲肉不足以登俎豆又何足以耗水衡之芻而汚百里之囿者哉

稷下賦

齊王樂五帝之遐風嘉三王之茂烈致千里之奇士總百家之偉說於是築鉅館臨康衢咸處士之游壯學者之居美矣哉高門横閎夏屋長檐罇罍明潔几杖清嚴爾乃雜佩華纓靜冠素履端居危坐規行矩止相與奮髯横議投袂高談下論孔墨上述羲炎樹同拔異辨是分非榮譽樵枯為之蓊蔚訾毀嫫美化為瑕玼譬若蘭芷蒿莎布濩於雲夢之洳鴻鵠鵝鶬鼓舞於渤澥之涯於是齊王沛然來遊欣然自喜謂

稷下之冨盡海內之美慨乎有自得之志矣祭酒荀卿進而稱曰吾王闢仁義之塗殖詩書之林安人之慮廣致治之意深然而諸侯未服四鄰交侵士有行役之怨民有愁痛之音意者以等道術之淺薄未足以稱王之用心故也王曰先生之責寡人深矣頓卒聞之對曰臣聞之珷玞乱玉魚目間珠泥沙漲者其泉慁莨莠茂者其穀蕪罔者弃網而失敘行者多岐而喪塗今是非一槩邪正同區異端角進大道羇孤何以齊蹤於夏商繼軫於唐虞誠能撥去浮未敦明本初脩先王之典禮踐大聖之規模德被品物威加海隅忠正脩列讒邪放踈行其言不必飽其腹用其道不必煖其膚使以飭梁齧肥而飧驕君之祿不若

苟鉏乘耒而為堯舜之徒惜夫美食華衣高堂閑室鳳藻鵷義豹文麋質誦無用之言費難得之日民未治不與其憂國將危不知其失且竊以大王爲徒慕養賢之名而未睹用賢之實也

靈物賦元豐元年六月

有物於此制之則留縱之則去卷之則小舒之則鉅守之有主用之有度習之有常養之有素則譽之不喜毀之不怒誘之不遷脅之不懼吾不知其何物聊志之於兹賦

古詩

進瞻彼南山詩表嘉祐八年正月三月上

某言臣聞天尊地卑道之常也而乾下坤上謂之泰

旨非陽不下隂則無以行其施君不交臣則無以得
其心是以詩人歌頌其君之德多稱飲食飫燕之豐
鍾鼓笙磬之盤車服旗旂之盛幣帛錫予之多蓋以
君臣兄弟朋友之際舍此無以相交也雖然人君不
以誠心加之則此四者雖美無益也故鹿鳴曰我有
旨酒以燕樂嘉賓之心彤弓曰我有嘉賓中心貺之
此言君臣之恩也不由外來也臣某誠惶誠恐頓首
頓首伏見　躰天法道欽文聰武聖神孝德皇帝
陛下以十二月二十三日二十七日再幸天章閣悉召
宰輔侍從之臣徧觀瑞物及　先帝御書御集又幸寶
文閣親為飛白書并御墨紙筆以賜群臣又賦詩命
群臣屬和又幸　群玉殿置酒作樂比暮而罷其酒酣

穀蔌羅花金器多出　禁中於二十七日乃
諭群臣以前日之燕辦於造次未盡朕之欣歡重與
卿等爲樂今天下方無事每惜晝時以稱朕意是日
凡爲燕之具又加厚於前日其所以勞徠存撫群臣
莫不出於　陛下之志者是以群臣膏沐寵光被服
德音重纍僚咲浹於肌膚淪於骨髓固不待飲食而
先醉飽矣退而詠歌聖德流布四方聞者莫不咨嗟
嘆息以為　陛下之於群臣可謂無負而群臣實負
陛下多矣苟有可以死於其職補益萬分莫敢愛也
臣其誠皇誠恐頓首頓首竊以群臣前後受　陛下
爵位廩祿饗食燕賜子固已多矣未有如今日之驩欣
感激深厚切至上下如一者其故何哉此非外物豐

行所能致也正由陛下加之誠心而已矣　陛下方將推廣此心以被天下至於朝廷之政進賢退不肖賞善罰惡無不盡誠以求之目見四海之内如殿堂之上無不沈酣於　茂恩饜飫於　威德矣不勝鼓舞抃蹈之至謹成瞻彼南山七章隨表上進文采鄙野不自揣度著汚盛時伏惟　陛下察其狂簡而裁其罪罰焉臣某誠皇誠恐頓首頓首謹言

瞻彼南山詩

瞻彼南山有棣有棠維葉牂牂君子之燕籩豆洋洋鼎俎將將號奄阜昌上下樂康邦家之光君子萬年撫有四方受祿無疆瞻彼南山有椐有樹維葉湑湑君子之燕清酒有藇壺樽有楚酌言賜之命之酬之

上下考序君子萬年撫綏兆民受天之祜　瞻彼
南山有杞有樅維葉蓬蓬君子之甚管絲雝雝奏鼓
隱隱自堂徂庭上下肅雍靡有不恭君子萬年令德
高明高明有融赫赫明明天命有嚴命我祖考九
土是臨倭奴之東蠻蜑之南享獻無時靡敢不詹闕
茲餘文復闢巖巖萬世是承四方是瞻　帝曰卿士
左右之臣四方無虞矜爾之勤式觀且遊從予一人
于壺于閎于堂于陳金石之符黼黑之珍匪予汝誇
祖考之勤　多士庶尹群公百辟拜手稽首荅揚休
德既醉既飽顒思爾職罔顧爾私罔愛爾力惇忠祗
救求奉玄則立民之極載祀千億
　　園櫻傷老也

園有繫櫻匾有肥青我酒旣清我殽旣馨我友戾止
聊以娛情兮我不樂日月其征
園有穠李肅有肥羜我酒旣旨我殽旣羨我友戾止
啟憂為喜兮我不樂年其有幾
園有弱柳肅有肥非我酒旣有我殽旣阜載笑載歌
以宴我友兮我不樂年其無久
悠悠泛舟載縱載橫白日將傾飄風載驚嗟我老矣
鬒髮齒零胡為不憂勞爾餘生

杖栢寄傅欽之 九年六月

彼杖者栢生于崇岺其葉丸丸君子爰處爰處爰遊
匪憂勿憂胥樂休休彼鬱者蘭生于幽崖其華菲菲
君子爰處爰處爰嬉靡非適弗宜[illegible]其渴飢洋洋者

卷之七九

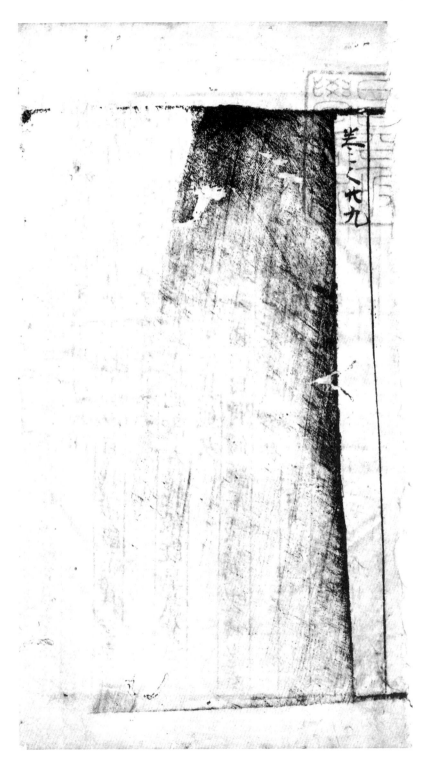

增廣司馬温公全集卷三十

奏議

上皇帝聽斷書

疏

上皇帝疏欲英祖奉皇太后孝謹撫諭公主慈愛

上皇帝疏欲英宗舉之顛之猶心審處

上皇帝聽斷書

月日具位臣某昧死再拜上書皇帝陛下臣材識駑

疏陛下不過聽擢備憲司目夙夜盡心以思厥職隕首捐軀無足為報切見近歲已來政府官職迭相攻毀分為兩朋有如讎敵所以然者蓋由人自各務逞

其私志互爭勝負不顧己之是非人主不忍違逆人
情兩加全護一不肯判其得失是以群下紛紛日鬬於
前而朝廷爲之多事者也臣伏見陛下天性聰
明仁孝恭儉踐阼之初孜孜求治此誠堯舜之資群
生之福也群臣幸得遭遇此時不務將順聖德綱紀
治體蓋政事之久弊百姓之疾苦而各爲私鬬不
知窮極誠可罪也臣聞人君之尊與天地同體以剛
健爲悳以重厚爲威照微當如日月發言當如雷霆
昔漢武帝謂田蚡曰君除吏盡未吾亦欲除吏又謂
衛青曰郭解布衣權至使將軍自言此其家不貧人
主之言若皆切當如此群臣安得不畏服哉夫心知
其非而面徇其情口順其說依違兩可此最人君之

大患也今國家政事未有不先經兩府相與商議然後施行関防秘密外人莫得而知及詔令已下臺諫方得聞之若事有未便從而論列　陛下還復下之兩府人之常情自非大賢誰肯以己之所謀爲非而以它人之言爲是哉必須排擯沮抑以爲難從此人主之所獨取拒諫之名而大臣私得專權之便者也臣愚伏望　陛下自今應有臣寮上言朝廷闕失者陛下當虛心審慮自以大公至正之道決之若大臣所謀果是不必顧恤言者之言若言者所陳果當不必曲順大臣之意位無高下言無先後惟是之從又何紛紜之足患哉必若其人等固有爭執者　陛下亦當再加審察更以理道往返與相詰難以盡其情

果有可取勿憚改爲若漢宣帝之特善趙充國則万事無不當也必若理道是非顯然在目而其人執迷文過強很不已者雖加罪黜天下豈以爲不可哉如此則豈惟事得其正亦使威福之柄盡歸帝室矣凡天下之事是非未明則不可不慎是非既明則在陛下決而用之耳前日所謂惟道所在斷之不疑姦不能惑佞不能移者正謂此也伏惟聖明俯加察

上皇帝疏勸英祖奉皇太后孝謹撫諸公慈愛

月日具位臣某昧死再拜上疏皇帝陛下臣於四月二十七日及六月二十三日皆曾上疏以陛下受仁宗皇帝之天下欲報之德當奉事皇太后孝謹撫諸公主慈愛勿使姦邪之人有所離間至兩宮有

隙以上貽宗廟之憂下爲群臣之禍叩心瀝膽極其懇惻未審臣言得達聖聽或萬機之繁未嘗奏御也此乃成敗之端安危之本不可一不察且聞漢章帝乃賈貴人之子明帝使明德馬皇后養之撫育勞瘁過於所生章帝亦孝性淳篤恩性天至母子慈愛始終無纖介之間馬氏之舅皆爲卿校列侯賈貴人終不加尊號賈氏親族無受寵榮者此前世美事今日所當法也詩云父兮生我母兮鞠我拊我畜我長我育我顧我復我出入腹我欲報之德昊天罔極然則父母之恩不獨以其生已也拊畜長育居其太半焉陛下自齠齔之年爲皇太后所鞠育恩亦至矣又況今日爲仁宗皇帝之嗣親奉甘旨承顔色無異於壹

濮王與夫人之時也近者道路之言頗異於是紛紛籍籍深可駭愕且切惟　陛下孝恭之性著於平昔豈容一旦遽肯變更蓋鄉者聖躬未安之時舉動語言或有差失不能自省而外人訛傳妄為增飾必無事實雖然此等議論豈可使天下聞之也周書曰小人怨汝詈汝則皇自欽德古人有言曰御寒莫如重裘弭謗莫如自修　陛下疾恙未平固無如之何若既愈之後且愚伏望　陛下親詣皇太后閤克己自責以謝前失温恭朝夕侍養左右先意承志動無違禮使大孝之美純粹光顯過於未登大位之時如此則上下咸悅宗社永安今日道路妄傳之言何能為損也古之至孝者雖有不慈之母猶能使之感寤驩悅

留心易慮況皇太后聖善之德著聞四方自 陛下有疾以來日夜泣涕禱於神祇憂勞困瘁以冀 陛下之安寧如耕者之望收涉者之求濟 陛下豈不思有以慰安之也臣不勝區區干冒以聞乞留神採擇

臣某昧死再拜上疏

上皇帝疏（欲英宗難之愼之精心審處）

月日具位臣姓某昧死再拜上疏 皇帝陛下臣愚切惟大行皇帝春秋未甚高以宗廟社稷之重昭然遠覽確然獨斷知 陛下仁孝聰明可守大業擢於宗族之中建為嗣子授以天下其恩德隆厚踰於天地固非微臣所能稱述今不幸奄弃万國 陛下哀慕泣血以夜繼晝過於禮制以至成疾中外聞者無

不感泣知大行皇帝能爲天下得人治平之期企
踵可待群臣百姓不勝大幸今者聖躬痊平初臨大
政四海之人拭目而視傾耳而聽舉措云爲不可不慎
易曰君子以作事謀始召誥曰王乃初服嗚呼若生
子罔不在厥初生自貽哲命夫爲政之要在於用
人賞善罰惡而已三者之得則遠近翕然嚮風從
化可以不勞而成無爲而治三者之失則流聞四方莫
不解體綱紀不立万事隳頹治乱之原安危之機盡
在於是臣願　陛下難之慎之精思審處如射之有
的必萬全取中然後可發也　陛下思念先朝欲報之
德奉事皇太后孝謹撫諸公主慈愛此誠仁厚之至
過人遠甚臣願　陛下雖天性已得復加聖心夙夜匪

懈慎終如始以結億兆之心刑四方之化則福祿流於子孫令聞垂於無窮矣古者人君嗣位必踰年然後改元臣願 陛下一循典禮勿有變更於中年也三年之喪自天子達於庶人一也自漢氏以來始從權制以日易月臣願 陛下雖仰遵明詔俯徇群情二十七日而釋服至於宮禁之中音樂游燕吉慶之事皆俟三年然後復常以盡慎終追遠之義焉禮為人後者為之子故為所後服斬衰三年而為其父母齊衰不杖期為所後者之親皆如子而為已之親皆降一等蓋以特重於大宗則宜特輕小宗所以專志於所奉而不敢顧私親也漢宣帝自以為昭帝後終不敢加尊號於衛太子史皇孫光武起於布衣親冒

矢石以得天下自以為元帝後亦不加尊號於鉅鹿都尉南頓君此皆徇大義明至公當時歸美後世頌聖至於哀安桓靈或自旁親入繼大統皆追尊其祖父此不足為孝而適足犯義侵禮取譏當時見非後世臣願 陛下深自為鑑杜絶此議勿復聽也凡此數者伏計 陛下聰明皆素知之然臣復區區進言者誠懼不幸有謟諛之臣不識大躰妄有開說自求容媚 陛下萬一誤加聽從聖言一出布聞於外則足以傷 陛下之義虧海内之望臣雖欲捐軀争之亦無及已是以不敢不先事而言庶幾聖德純粹完美不有秋毫之缺使一夫竊議於草萊臣之志也輕冒宸嚴不勝悃款惶悸之至伏冀留神裁察臣某昧

死再拜上疏

增廣司馬溫公全集三十一

疏

上皇帝疏欲英祖修行以消日蝕之變

上皇太后疏欲太后慎選賢才

上皇帝疏

月日具位臣某謹昧死再拜上疏皇帝陛下臣聞書曰面稽天若詩曰文王陟降在帝左右蓋言王者爲天子之尊不敢不朝夕小心祗畏其命如在其上如在其左右也是故洪範九疇以五行爲本言王者當祗順五行之性內謹五事以修身外修八政以治國正五紀以承天序折衷於皇極之道登用三德之人又

參合以龜筮之謀察風雨寒燠之來以省得失之休咎適可迎五福避遠六極此爲世之道也且不勝狂愚志生觸死伏見　陛下即位以來災異甚衆日有黑子江淮之水或溢或涸去夏霖雨涉秋不止京畿東南十有餘州廬舍沉於深淵浮楂棲於木末老弱流離捐瘠道路妻兒之價賤於犬豕許潁之間親戚相食積尸成丘既而歷冬無雪煖氣如春草木早榮繼以黑風今夏癘疫大作弥漫數千里病者比屋喪車交路至秋幸而豐熟百姓欣然庶獲蘇息未及收穫而雨暴大至一晝之間川澤皆溢溝渠逆流原隰丘陵悉爲洪波一苗半穗蕩無孑遺都城之内道路乘桴城闉摧圮官府倉廩軍壘民居覆没殆盡死於壓

溺者不可勝紀耆老至之人皆言耳目所誌未嘗睹聞此乃曠古之極異非常之災　陛下安得不側身恐懼思其所以致此之咎乎臣性愚學淺不足以窺測天意切以書曰天聰明自我民聰明天明畏自我民明威又曰天視自我民視天聽自我民聽然則災異之來不在於它尚人心和悅則天道無不順矣詩曰亹亹文王令聞不已又曰如珪如璋令聞令望古之聖王未有不先其令名而能行其政於天下者也臣伏見　陛下踐阼之初上自宰輔次及朝臣下逮閭閻細民士伍廝養無不翕然同辭稱頌聖德如出一口皆云方今皇族奉朝請者八百餘人　陛下仁孝聰明為之首冠知人疾苦識其情偽節儉恤物剛果

能斷既美先帝知人之明又慶以身逢時之幸涕泣
共談悲喜相半臣愚以爲昔漢惠帝無子而得文帝
仁儉謙恭百姓富饒或致刑措昭帝無子而得宣帝
勤惠明斷吏良民樂號稱中興然則國無嗣子而旁
親入繼未必不爲天意福祐社稷而光啓聖賢也私
心自幸又甚於衆人伏而聖躬有疾上下之人思殺
身爲牲粉骨爲藥延祈早瘳以覩聖政不意數月
之後道塗之議稍異於前頗有謗言不專稱美逮乎
周歲之外則頌者亦寡謗者益多臣切伏於闕門之
外日聞衆論不勝悵恨痛心疾首晝而忘食夕而忘
寢爲　陛下深思其故終不能明意者　陛下於舉
動循守之間萬一有所未思乎敢以愚慮言之蓋有

三焉惟 陛下寛其罪使得畢其辭切以皇太后仁明之德爰自先朝布聞四方加之保育聖躬在於襁褓 陛下入承大統不可謂全非皇太后之力當 陛下初得疾之時外聞傳言皇太后於先帝梓宫之前爲 陛下叩頭祈請額爲之傷如此豈可謂無慈愛之心於 陛下哉不幸爲讒賊之人交相離間遂使兩宫之情介然有隙就使皇太后有不慈於 陛下 陛下爲人之子安可校量曲直遂生忿恨而於愛恭之心有所不備乎傳曰大德滅小怨生先帝擢 陛下於衆人之中自防禦使升爲天子惟以一后數公主屬於 陛下而梓宫在殯巳失皇后之歡心長公主數人皆屛居閑宫希曾省見臣請以小喻大設有

閭里之民家有一妻數女及有數畝之田千金之產老而無子養同宗之子以爲後其人既没其子得田產而有之遂疎母弃妹使之愁憤嗟怨則鄰里鄉黨之人謂其子爲何如人也以匹夫而爲此行猶見貶於鄉里況以天下之尊爲四海所瞻仰哉此 陛下所以失人心之始也先帝天性寬仁重違物意晚年嬰疾厭倦萬機遂以天下之事悉委之兩府或見有所私取捨黜陟未必皆當及巧設倖門進拔所愛超資越級欺罔衆人抑壓孤寒無所伸愬及 陛下即位皆謂必能奮發乾剛昭明君德收取威福復還王室進賢退愚賞善罰惡海内廓然立見太平而

陛下益事謙遜深自晦匿凡百奏請不肯與奪動循

舊例不顧事情謹於細務忽於大體知人之賢不能舉知人不肖不能去知事之非不能改知事之是不能從大臣專權甚於先朝率意差除無所顧忌或非材而驟進或有罪而見寬此天下所以重失望也臣聞書曰木從繩則正后從諫則聖是以堯稽于衆捨己從人舜好問而好察迩言禹聞善言則拜湯用人猶己過改不吝此四人者豈其才智之不足哉然猶汲汲孜孜下詢愚賤之人者蓋以四海之廣萬機之衆非一人所能獨知必資天下耳目思慮然後能曲盡其理也　陛下聖質雖美亦當取法於堯舜湯禹而卽政以來或意有所見執之不移如堅冰嚴城禦敵外寇使群臣之言皆無自而入殆非所以納百川而距

海也孔子曰人之言曰予無樂乎爲君惟其言而莫予違也如其善而莫之違也不亦善乎如不善而莫之違也不幾乎一言而喪邦乎是故明君之於聽納無彼無我無親無踈無先後唯其是而已矣若重我所有輕彼所陳信其所親而疑其所賤主先衆之言而拒後來之議則雖有是者亦不可得而見矣夫人心之所好者見醜而爲美所惡者見善而爲惡苟能以平心察之則是非易見矣書曰有言逆于汝心必求諸道有言遜于汝志必求諸非道若必待合聖意則悅而從之不合則怒而棄之臣恐讒諂日進方正日踈殆非所以增社稷之福也又國家置臺諫之官爲天下耳目防大臣壅蔽朝廷大臣相與裁定然後施行

而臺諫或以異議干之　陛下當自以聖意察其是非可行則行可止則止今乃復詢之大臣彼安肯以己之所行爲非而以他人所言爲是乎此乃　陛下所以獨取拒諫之名而大臣坐得專權之利者也夫以君相之重何啻太山賤臣之輕何啻鷄卵乃欲相與校其勝負臣固知其不敵矣是以四方懷忠之士願効區區者皆望風不進結舌沮氣此天下所以又失望也凡此三者在列之臣皆知其不可而上畏嚴誅下避怨怒莫敢以此極言聞於　陛下使海内憤鬱之氣積而不發宜其有以感動天地之和矣臣聞天意保佑王者故爲之下災異以譴告之若王者恐懼脩省則非徒免一時之害又將有福禄隨之商之太戊

武丁周之成宣是也若傲忽不顧非徒爲害於一時又將有危亡之禍漢之成哀桓靈是也今災異之來意者皇天亦將保佑 陛下以成商周之美乎自顧 陛下上稽天意下順人心於此三者皆留聖念奉事皇太后愈加孝謹務得驩心諸長公主時加存撫無令失所總攬大柄勿以假人選用英俊循名責實賞功罰罪捨小取大剗塞弊倖一新大政延納讜言虛心從善皆行之以至誠非特爲空言而已夫至誠可以動金石而況人乎不誠不足以感匹夫而況天乎詩云無曰高高在上陟降厥士日監在茲天雖至高視聽甚邇人之所爲發於中心則天已知之固不待見其容貌形於聲音也 陛下果能盡誠於此則

聖德日新令名四達人心既悅天道自和百穀蕃昌
嘉瑞並至蠻夷率服流及子孫矣臣自知不才無補
朝廷然不敢遂自塞嘿復有所陳惟陛下裁察臣
某昧死再拜上

上皇太后疏（欲太后慎選賢才）

月日具位臣某昧死再拜上疏　皇太后殿下群生
無福大行皇帝奄弃天下皇帝繼統哀毀成疾未能
親政恭請殿下同決庶務臣愚伏計殿下念宗廟
社稷之重爲四海黎元之計不得已而臨之非中心所欲
也若皇帝聖體不日康寧殿下必推而不居若藥石
未效殿下乃總覽萬機未暇自安凡舉措動靜不
可不戒慎留心萬方今天下之勢危於累卵小大戰

戰憂慮百端若非君臣同心内外協力夙夜勤苦以徇國家之急則禍難之生豈可勝諱哉夫安危之本在於任人治亂之機在於賞罰二者不可不察也若中外百官各得其人賢能者進不能者退忠直者親讒佞者疏則天下何得不安任職之臣多非其人賢者退不肖者進忠直者疏讒佞者親則天下何不危賞不因喜罰不因怒賞必有所勸罰必有所懲則天下何得不治喜則濫賞怒則妄罰賞於無功罰於無罪則天下何得不亂然則天下安危治亂不在於它在於人主方寸之地而已矣凡御下之道恩則過過則驕驕則不可不戢之以威威過則怨怨則不可不施之以恩恩威之道聖人所以制世御俗猶天地之有

陰陽損之益之不失中和以生成萬物者也夫恩者歆物之親己也有時而生怨威者歆物之畏己也有時而生慢小人之性恩過則驕驕而裁之則怨矣爵禄賞賜妄加於人則其同類皆曰我與彼才相若也功相敵也彼得之而我獨不得何哉是出一恩而召群怨也故曰恩有時而生怨也嚴威太盛則人無所容刑罰煩苛則濫及無辜則同類皆曰是過也人誰無之彼既不免行將及我於是乎窮迫思亂爲其上者乃更畏恐而求姑息是始於嚴而終於慢也故曰威有時而生慢也如是則爲人上者豈不至難哉蓋善爲人上者不然恩必施於有功罰必加於有罪恩雖至厚而人不敢妬者何也衆人之所與也罰雖至重

而人無所怨者何也衆人之所惡也大行皇帝天性
至仁群臣之功或未足言而賞之已厚罪或不可容
而罰之至輕善則善矣而小人不識大恩者或幾乎
驕慢臣切意殿下今茲繼而爲政必將糾之以嚴糾
之以嚴誠是也然天下之人涵濡大行皇帝聖澤日
久一旦暴加繩撿恐駭而離心伏願 殿下徐以義
理教之戒之有不聽從而尤無良者然後加刑罰焉
則誰敢不肅此善之善者也往者大行皇帝嗣位之
初章獻明肅皇太后保護聖躬綱紀四方進賢退姦
鎮撫中外於趙氏實有大功但以自奉之禮或崇重太
過外親鄙猥之人或忝污官職左右諂諛之臣或竊
弄權柄此所以負謗於天下也今 殿下初攝大政

四方之人莫不觀聽以占盛德臣以爲凡名躰礼數
所以自奉者皆當深自抑損不可盡依章獻明肅皇
太后故事以成謙順之美副四海之望大臣忠厚如
王曾清純如張知白剛正如魯宗道質直如薛奎者
殿下當信之用之與共謀天下之事鄙猥如馬季良
讒謟如羅崇勳者　殿下當踈之遠之不可寵以祿
位聽采言也臣聞婦人内夫家而外父母家后妃與
國同躰休戚如一若趙氏安則百姓皆安况於曹氏
必世世長享富貴明矣趙氏不安則百姓塗地曹氏
雖欲獨安其可得乎是故政者正也爲正之道莫若
至公臣願　殿下熟察羣臣之中有賢才則舉之有
功則賞之雖踈賤如厮役憎如仇讎遠在千里之外皆

不可弃遺如此則人誰不勸矣群臣之中職事不修則廢之有罪則刑之雖貴爲公卿親爲弟兄近在耳目之前皆不可寛假如此則人誰不懼矣夫爲善者勸爲惡者懼百官稱職萬民樂業天下之安猶倚太山而坐平原也尚何憂哉然後 皇帝聖躬平宰授以治安之業自居長樂之宫坐享天下之養則殿下聖善之德冠絶前古光映後來雖周之文毋漢之明德不足比也臣備國家侍從之臣以諫諍爲職不勝區區之誠妄冒以聞伏惟 殿下置之几席少加聽察臣某昧死再拜上䟽

增廣司馬溫公全集卷三十二

奏議

上皇太后疏 歎太后恩撫諸宮
上皇太后疏 歎皇太子擢醫工
上兩宮疏 歎皇帝与皇太子孝慈

上皇太后疏 歎太后恩撫諸宮

月日具位臣某謹昧死再拜上疏皇太后殿下去歲仁宗皇帝捐棄萬方皇帝嗣統之初憂成疾殿下念社稷之重同聽庶政以安群情今聖躬復初四方無事殿下推而不居自取安逸動靜之節無不合宜率土臣民孰不稱頌臣不自量度歎成陛

下之全美猶以螢燭之微明仰裨日月之盛光伏惟殿下稍寬其罪而終聽其辤旨切以治家之道貴賤雖殊人情一也嘗觀天下士民不恭語言不遜若幼者孝恭而不怨長者慈惠而不責則上下雍睦家道以興若幼者以為怨長者以為責則上下乖離家道以衰其始相失也甚微而終為禍也甚大又加以讒人間之於是乎有父子相疑兄弟相疾亂虐並興無所不至者矣凡閨門之內子父有以孝恭之心至者則尊親當歡然以慈愛之心接之若其有過則當以忠厚之心敎之敎之偹矣而猶不聽則雖責之可也及其既改則又當復以歡心接之不可以一忤顏色而終身惡之遂不可解謝也故骨肉之間有威怒而

無憎疾有詰責而無猜忌此自古聖人之所以御其
親之道也且切惟皇帝皇后於　殿下兼內外之親
幼蒙保育今日爲萬民父母享天下富貴孰云非
殿下之力且謂　殿下固宜撫存愛念情同所生同
旒保護以終大惠不可偶以纖芥之失遂畜久長之
怒弃生成之厚恩取疏絶之深怨愚智所同知也
皇帝去歲得疾疾之時禮皃言辭誠有老失得罪於
殿下者臣固已嘗言於　殿下亦不可責有疾之人
以無疾之禮况醉而有過醒猶可救况有疾之人不
自省知卒非意之所欲爲豈可追數以爲罪咎耶皇
后自童孺之歲朝莫遊戲於　殿下之懷分甘哺果
拊循煦嫗有恩無慼今旣正位中宮得復奉膳羞盥漱

以事　殿下其意恃昔日之愛不自疎外猶以童孺之心望於　殿下故或有所須不時蔽意則愠懟怨望不能盡如人家婦姑之禮　殿下雖怨之責之固其宜也誰曰不可但事過之後　殿下若遂弃之不復收恤憎疾如仇讎則自以爲過矣且在闕門之外無由知禁庭之事切聞道路之言未詳虛實皆言近日　皇帝與皇后奉事　殿下恭敬之禮甚加於往時而　殿下御之太嚴接之太簡或時進見殿下惟賜之坐如待疎客語言相接不過數句須臾之間以復遣去如此母子之恩如何得遠婦姑之禮如何得施所以使之疑惑恐懼不敢自親者蓋以此也且切惟　殿下母儀天下踰三十年柔明之譽洽

于中外　皇帝龍潛藩邸進德修業仁聖之望光
于遠迩先帝以至公大議選賢建嗣海内之人皆謂
繼統之日慈孝之風必自家刑国誠不意閭巷之民
忽有今兹異論推其本原盖由皇帝遇疾之後宫省
之内必有讒邪之人造飾語言互相間構一則欺詐
效小忠以結殿下之知僥求禄利自知過失素多畏
嗣君之嚴有所不容二則欲竊弄權柄惡長君聰明
使己不得自恣是以日夜闚覘拾掇絲毫之失無不
納於　殿下之耳　殿下雖至聰哲不能無疑雖至
仁慈不能無怒皇帝以剛健之性屈於衆口無以自
伸能不憤悒遂使兩宫之間介然相失久而不解流聞于
外致朝野之士有識竊議其是非者深可惜也今天

誘其衷　殿下濬發德音追鑒遠覽奉天下之政歸之
皇帝此乃宗廟之靈生民之福然臣竊料讒言之人
必如淋湯愈不自安力謀離間彼皆自營一身之
私非為国家與　殿下之計也臣願　殿下深察其
情勿復聽納斥遠其人勿致左右召諭　皇帝以向來
紛紛皆此屬所為自今已後母子之間當坦然無疑
皇帝必涕泣拜伏感激摧謝然後兩宮之歡一皆如
舊凡　皇帝皇后進見之際　殿下宜賜以温顏留
之從容來往無時勿加限絶或置酒語笑與之欣欣
相待一如家人之禮如此則　殿下坐享孝養何樂如
之心平氣和眉壽無疆國家乂安內外無患名譽光
美垂於無窮與其信任讒慝猜防百端終日戚戚憂

憤生疾國家不寧禍乱横生譏謗之言流於後世二
者得失相去遠矣且殿下既能以祖宗之業付皇帝
又能以大政授之而獨於恩禮之際終不能豁然回
心息怒其故何哉方今宮闈之中 殿下骨肉至親
止於皇帝皇后長公主及皇子公主數人而已其餘
皆行路之人於殿下何有若親者尚不可結以恩信
猜而遠之則疎者獨肯受 殿下顧遇盡其死力終
始無異乎夫貴莫貴為天子之母富莫富於受四海
之養今 殿下有富貴而不能自樂親其所可疎疎
其所可親使受恩之子婦彷徨而不自安踧踖而不
敢進雖內懷反哺之心而無施展臣切為 殿下惜
之臣父子皆蒙先帝大恩擢於常調之中置之侍從

之別心非木石豈能暫忘今 先帝晏駕臣雖不避死
士以進忠直之言庶幾 殿下母子和悦国家安寧
是臣所以爲報效區區不勝激切之誠展布以聞惟
留神幸察臣某昧死再拜上疏

上皇太后疏欲皇太子擇監二

月日具位臣某謹再拜上疏 皇太后殿下臣聞聖
人之德使四海之内編戶之民皆輻湊而歸之如孝
子之奉父母其故何哉推仁愛惻怛之誠以加之也
故詩云豈弟君子民之父母夫四海至遠也編戶至微
也誠之至也猶可以爲況閨門之内血氣之親乎昔
漢明得馬皇后無子明帝取所養賈貴人之子煜以
爲太子且謂之曰人不必自生子但患愛養不至耳后

於是盡心撫育勞悴過於所生及明帝崩太子即位是為章帝章帝亦孝性淳篤恩性天生母子相愛始終無纖介之間前史載之以為美談恭惟 仁宗皇帝憂繼嗣之不立念宗廟之至重以皇帝仁孝聰明選擢於宗室之中使承大統不幸踐阼數日而遘嬰疾疹雖 殿下撫視之慈無所不至而醫工不精藥石未効切聞鄉日疾勢稍增舉措言語不能自擇左右之人一一上聞致 殿下以此之故不能堪忍兩宮之間微相責望群心憂駭無不寒慄方今 仁宗新弃四海皇帝以疾未平天下之勢危於累卵惟恃兩宮和睦以自安猶如天覆而地載也豈可效常人之家爭語言細故使因絲毫之隙以為宗廟社稷之憂

哉臣是用日夜焦心隕涕側足累息寧前死而盡言
不敢幸生而塞嘿也伏以皇帝內則仁宗同堂兄之
子外則 殿下之外甥壻自童幼之歲 殿下鞠育
於宮中天下至親何以過此又仁宗立爲皇子 殿
下豈可不以仁宗之故特加愛念包容其過失邪況
皇帝在藩邸之時以至踐阼之初孝謹溫仁動由禮
法此 殿下所親見而明知也苟非疾疢乱其本性
安得有此過失哉夫心者神明之主也若其有疾則
精爽迷乱冥然无知言語動作不知省記不識親疎不
擇貴賤此乃有疾者之常不足怪也 殿下聰明睿智
天下之理無所不通豈可責有疾之人以無疾之禮
邪今 殿下雖日夕憂勞徒自困苦終何所益以臣

愚見莫若擇醫二三人以治 皇帝之疾旬月之間察其進退有效則加之以重賞無效則威之以嚴刑未愈之間但宜深戒左右謹於侍衛其舉措言語有不合常度者皆不得以聞庶幾不增 殿下之憂憤 殿下惟寬釋意慮和神養氣以安靜國家綱紀海內係天地垂祐聖躬痊復然後舉治平之業以授之不亦美乎古之慈母有不孝之子猶能以至誠惻隱撫存愛養使之內愧知非革心為善況皇帝至孝之性稟之於天一旦疾愈清明復初其所以報答盛德豈云細哉臣之愚慮甚言盡此而已乞 殿下更賜裁擇臣某誅死再拜上疏

上兩宮疏 故皇帝与皇太后孝慈

月日具官臣某昧死再拜上疏　皇太后殿下皇帝陛下臣聞天地交謂之泰天地不交謂之否天地者上下之象也旅諸人事君仁而臣忠父慈而子孝兄友而弟恭皆泰也君不仁臣不忠父不慈子不孝兄不友弟不恭皆否也泰則上下之情通内外之志和國以之治家以之安否則上下之情塞内外之志乖國以之乱家以之危治乱安危之分不在於它在於審察否泰之端而已矣書曰立愛惟親立恭惟長始于家邦終于四海自古聖王治天下之道未有不自孝慈始者也恭惟先帝屬祐和之親凡數百人獨以天下之業傳於聖躬皇太后承顧命之際鎮撫中外决定大策其恩德隆厚踰於天地何可勝言皇帝至性烝烝哀以執喪恭以致養夙夜憂勞以成疾疢其於慈孝之美可謂至矣然臣猶切有所懼不可

不過慮於万一先事而進言者臣聞金隄千里潰於
蟻壤白璧之瑕易離難合況社稷之重非特金隄也
骨肉之親非特白璧也在於守之至謹執之至固完
美無間然後福祿無疆也夫姦邪之人專闚主意苟
有釁隙則因而乘之於是離間人君交構父子使之
上下相疾內外相疑而已然後得奮其詐以盜其大
權私其重利自古以來喪國敗家未有不由此者也
今雖　睿聖在上　朝廷清明中外之臣咸懷忠良然
禍福之原其來甚微舉措聽納不可不慎臣愚切惟
今日之事皇帝非皇太后無以君天下皇太后非皇
帝無以安天下兩宮相恃猶頭目之與心腹也皇帝
聖躬平寧之時奉事皇太后承順宜無不如禮若藥

石未效而定省溫凊有不能周備者亦皇太后所宜容也孔子曰孝哉閔子騫人不間於其父母昆弟之言蓋言誠信純至表裏著明而它人不能間也孟子曰父子責善賊恩之大者也蓋言骨肉至親當以恩意相與不當較錙銖之是非也臣愚伏望　皇帝嘗思孔子之言　皇太后無忘孟子之戒萬一姦人敢有開說涉於離間者當立行誅戮以明示天下使咸知讒佞之徒不能欺惑聖明也方今天地鬼神群臣百姓鳥獸草木皆恃兩宮以為安若兩宮懽欣於上則天地鬼神得以歆其禋祀鳥獸草木得以遂其生息況群臣百姓孰不保首領以樂太平之化哉臣狂瞽妄言不識忌諱惟知徇國不為身謀不勝區區迫

切之誠昌其𬟁死再拜上疏

增廣司馬温公全集卷三十三

奏議

上體要疏

月日具位臣某謹昧死再拜上疏皇帝陛下臣准御史臺牒狀申奉四月二十日詔勑傳曰近臣盡規以其榮恥休戚與上同也今在位者視朕過失與朝廷政事之闕默而不言乃或私議竊歎若以其責不為在已夫豈皆習見成俗以為當然其亦有含章懷寶待唱而發者也今百度隳弛風俗偷惰薄惡災異譴告不一此誠忠賢助朕憂惕以捄制改法救弊除患之時宜令侍從官自今視朕過失與朝廷政事之闕

無有巨細各具章奏極言無隱噫言善而不用朕有厥咎循之而弗言爾為不恭朕將用此考察在位所以事君之實明黜陟焉臣以駑下之材自仁宗皇帝時蒙擢在侍從服事三朝恩隆德厚隕身喪元不足為報雖訪問所不及猶將披肝瀝膽以致區區之忠況聖意采納之勤督責之嚴諄諄如此臣敢營私避怨匿情愛己不為陛下別白當今之切務庶幾小補萬分之一哉臣聞為政有體治事有要自古聖帝明王垂拱無為而天下大治者凡用此道也何謂為政有體君為元首臣為股肱上下相維內外相制若綱之有綱綱之有紀故詩云亹亹我王綱紀四方又云愷悌君子四方之綱古之王者設三公九卿二十七

大夫八十一元士以綱紀其內設侯伯州牧卒正連帥屬長以綱紀其外尊卑有叙若身之使臂臂之使指莫不率從此爲政之體也何謂治事有要夫人智有分而力有涯以一人之智力兼天下之衆務欲物物而知之日亦不給矣是故尊者治衆卑者治寡治衆者事不得不約治寡者事不得不詳約則舉其大詳則舉其細此自然之勢也益稷曰元首明哉股肱良哉庶事康哉君明則能擇臣臣良則能治事也又曰元首叢脞哉股肱惰哉萬事墮哉言君親細務則臣不盡力而事廢壞也立政曰文王罔攸兼于庶言庶獄庶慎惟有司之牧夫是訓用違庶獄庶慎文王罔敢知于茲言文王擇有司而任之其餘皆不足知

也康誥曰庸庸祗祗威威顯民言文王用其可用祗其可祗刑其可刑尊明此道以示民也是故王者之職在於量材任人賞功罰罪而已苟能謹擇公卿牧伯而屬任之則其餘不待擇而精矣謹擇公卿牧伯之賢愚善惡而進退誅賞之則其餘不待進退誅賞而治矣然則王者所擇之人不為多所察之事不為煩此治事之要也臣竊見陛下日出視朝繼以經席及日中乃還宮禁入宮之後竊聞亦不自閑省閱天下奏事群臣章疏逮至昏夜又御燈火研味經史博觀群書雖中宗高宗之不敢荒寧文王之日昃不食臣以為不能及也然自踐祚以來孜孜求治於今三年而功業未著者殆未得其體要故也祖宗創業書

統爲後世法内則設中書樞密院御史臺三司審官審刑等在京諸司外則設轉運使知州知縣等衆官以相統御上下有叙此所謂綱紀者也今陛下好使大臣奪小臣之事小臣侵大臣之職是以大臣解體不肯竭忠小臣誘上不肯盡力此百官所以弛廢而万事所以隳頹者也而陛下用爲致治之本此臣之所大惑也臣微賤不得盡知朝廷之事且以耳目所接近日數事臣所知者言之其餘陛下可以類求也昔漢文帝問陳平天下一歲決獄及錢穀出入幾何平曰陛下即問決獄責廷尉問錢穀責治粟内史必也使卿大夫各得任其職此乃宰相事也若平者可謂能知治體矣今之兩府皆古宰相之任也中書

主文樞密院主武若乃百官之長非其人刑賞大政失其宜此兩府之責也至於錢穀之不充條例之不當此三司之事也陛下苟能精選曉知錢穀憂公私之人以爲三司使副判官諸路轉運使各使久於其任以盡其能有功則進無功則退名不能亂實僞不能掩真安民勿擾使之日富庶之有道用之有節何患財利之不豐哉今乃使兩府大臣悉取三司條例別置一局聚文士數人與之謀議改更制置三司皆不與聞臣恐所改更者未必勝於其舊而徒紛亂祖宗成法考古則不合適今則非宜吏緣爲姦農商失業數年之後府庫耗竭於上百姓愁困於下衆心離叛將不復振矣且兩府於天下之事無所不總若百

官之識皆使兩府治之則在上者不勝其勞而在下者爲無所用矣又監牧使之主養馬四園苑主課利今乃使監牧使不屬群牧司四園苑不屬三司提舉司則在下者各得專權自恣而在上者爲无所用矣陛下方欲納天下於大治而使百官在上者不委其下在下者不稟其上能爲治乎若此之類臣竊恐似未得其體也凡天下之事在一縣者當委之知縣在一州者當委之知州在一路者當委之轉運使在邊鄙者當委之將帥然後事乃可集何則久在其位識其人情知其物宜賞罰之權足以休戚所部之人使之信服故也今朝廷每有事不委之將帥監司守宰使之自爲方略責以成效而施其刑賞上好別遣使

者銜命奔走旁午於道所至徒有煩擾之弊而於事未必有益不若勿遣之爲愈也夫事之利害吏之能否皆非使者所能素知不免臨時詢采於人所詢者或遇公明忠信之人猶僅能得其一二或遇私闇姦險之人則是非爲之倒置矣此二者交集於前而使者不能猝辨也是以往往害事而少能爲益非將帥監司守宰皆賢而使者皆愚也累歲之講求與一朝之謀議積久之采察與目前之毁訾精粗詳略其勢不同故也其有居官累歲而不知利害臨人積久而不知能否或雖知利害而不能變更雖知能否而不能黜陟此乃愚蔽私曲之人朝廷當察而去之更擇賢者以代其位不當數遣使者擾亂其間使不得行

其職業也又庸人之情苟策非己出則媢嫉沮壞惟恐其成官吏若是者十常五六借使使者所規畫曲盡其宜在彼之日其當職之人已怏怏不悅不肯同心以助其謀協力以成其事曰朝廷自遣專使治之我何敢與知及返命之日彼必敗之於後曰使者既謀而受我我今竭力而成之功悉歸於首謀之人我何有哉此所以爲不若毋遣使者而屬任常職之人爲愈也夫使者所以通遠邇之情固不可無然今之轉運使即古使者之任苟得人而委之賢於數遣使者遠矣若監司自爲姦慝貪縱或有所隱蔽欺罔或爲部內之人所訟或所謀畫之事未得其宜朝廷欲察其罪惡審其虛實判其曲直決其是非然後別遣

使者案之若案得其實監司有罪則當廢豈有但已者也今每有一事朝廷輒自京師遣使者往治之是在外之官皆無所用也使者既代之治事而當職之人亦無所刑無所發是只使之拱手旁觀偷安竊祿者若此之類臣恐似未得其體也今朝廷之士左右之臣皆曰陛下聰明剛斷威福在己太平之功可指日而致臣愚竊獨以爲未也臣聞古之聖帝明王聞人之言則能識其是非故謂之聰觀人之行則能察其邪正故謂之明是非既辨邪正既分姦不能惑佞不能移故謂之剛取是而捨非誅邪而用正確然無所疑故謂之斷誅一不善而天下不善者皆懼故謂之威賞一有功而天下有功者皆喜故謂之福今陛下聰

明剛斷則誠體之矣欲收威福之柄則有其志矣然於所以為之之道尚或有所未盡故臣以為太平之時未可期也夫帝王之道當務其遠者大者而略其近者小者國之大事當與公卿議之而不當使小臣參之四方之事當委牧伯察之而不當使左右覘之儻公卿牧伯尚不能擇賢者而任之小臣左右獨能得賢者而使之人乎若苟爲不賢則險陂私謁無不爲已今陛下多於禁中出手詔指揮外事非公卿所薦舉牧伯所糾劾或非次遷官或無故廢罷外人疑駭不知所從此豈朝廷之士左右之臣所謂剛斷威福者也陛下聞其言而信之臣竊以為過矣夫公卿所薦牧伯所糾劾或謂之賢者而不賢謂之有罪而无

罪皆有迹可見責有所歸故不敢大為欺罔若蔽官
密白陛下令陛下自為聖意以行之則威福集於私
門怨讟歸於陛下矣安得謂之威福在陛下曰鄉時手
詔所指揮者蓋非大事至於兩禁臺官邊蕃將帥
省府職任諸路監司此皆衆人之所希求治亂之所
繫屬以當陰授之際竊恐未必一一出聖意也若乃蔽
邪佞之人陛下所明知而黜去者或更改官而升資
或不久復進用然則威福之柄果不在陛下而陛下
偶未之思也以此觀之雖當陛下聰明剛斷威福在
己太平可立致者非愚則諛不可不察也陛下必欲
威福在己曷若謹擇公卿大臣明正忠信者留之愚
昧阿私者去之在位者皆得其人然後凡舉一事則

與之公議於朝使各言其志陛下清心平慮擇其是者而行之非者不得復奪也凡除一官亦與之公議於朝使各舉所知陛下清心平慮擇賢者任之不肖者不能復爭也如此則謀者舉者雖在公卿大臣而行之用之皆在陛下安得謂之威福不在己乎陛下此之不爲而顧彼之欲行臣竊恐似未得其要也夫三人群居無所統一不散則亂是故立君以司牧之群臣百姓勢均力敵不能相治故從人君決之人君者所以行賞罰決是非也若人君復不肖者之嘗使從誰決之乎夫人心不同如其面焉國家凡興舉一事朝野之人必或以爲是或以爲非凡用一人必或以爲賢或以爲不肖此固人情之常自古而然亦不足怪也

要在人主審其是非而取捨之取是而捨非則安榮取非而舍是則危辱此乃安危榮辱之所以分也是以聖王重之故博謀群下又及庶人然工終決之者要在人君也古人有言曰謀之在多斷之在獨謀之多故可以觀利害之極斷之獨故可以定天下之是非若知謀而不知斷則群下人人各欲逞其私志斯衰乱之政也詩云謀夫孔多是用不集發言盈廷誰敢執其咎如匪行邁謀是用不得于道哀哉為猷匪先民是程匪大猷是經維邇言是聽維邇言是爭如彼築室于道謀是用不潰于成此言周室之衰人且不明先王之大道務爭近小之事人君不能定其可否而事終無成也漢世国家有大典礼大政令大

刑獄大征伐必下公卿大夫博士議郎議其議者固不能一必有參差不齊者矣於是天子稱制决曰丞相議是或曰廷尉當是而議下厭然無有不伏者矣今陛下聽群臣各盡其情以議事此誠善矣然終不肯以聖志裁决遂使群臣有尚勝者以巧文相攻辯口相擠至于再至于二三相反覆無有限極臣愚深恐虧朝廷之政體損陛下之明德流聞四方取輕夷狄非嘉事也夫天下之事有難决者必先以道揆之君權衡之於輕重規矩之於方圓錙銖毫忽不可欺矣是以人君務明先王之道而不習律令知本根既植則枝葉必茂也近者登州婦人阿云謀殺其夫重傷垂死情見可愍在理甚明已傷不首於法無疑

中外之吏皆能立斷已經審刑院大理寺刑部斷爲死罪而前知登州許遵文過飾非妄爲巧說朝廷命兩制定奪者兩命兩府定奪者再勑出而復收者一收而復出者一爭論縱横至今未定夫以田舍一婦人有罪於四海之廣万機之衆其事之細何啻秋毫之末朝廷欲斷其獄委一法吏定矣今乃紛紜至此設更有可疑之事大於此者將何以決之夫執條據例者有司之職原情制義君相之事也分爭辨訟非礼不決礼之所去刑之所取也阿云之事陛下試以礼觀之豈難決之獄哉彼謀殺爲一事爲二事謀爲所因不爲所因此苛察繳繞之論乃文法俗吏之所爭豈明君賢相所當留意耶今議論歲餘而後成法

終於棄百代之常典悖三綱之大義使良善無告姦凶得志豈非徇其枝葉而志其本根之所致耶若此之類臣竊恐似未得其要也此皆衆人之所私議竊歎而莫敢明言者臣獨以受恩深重不顧斧鉞為陛下言之惟聖明裁察臣昧死再拜上疏

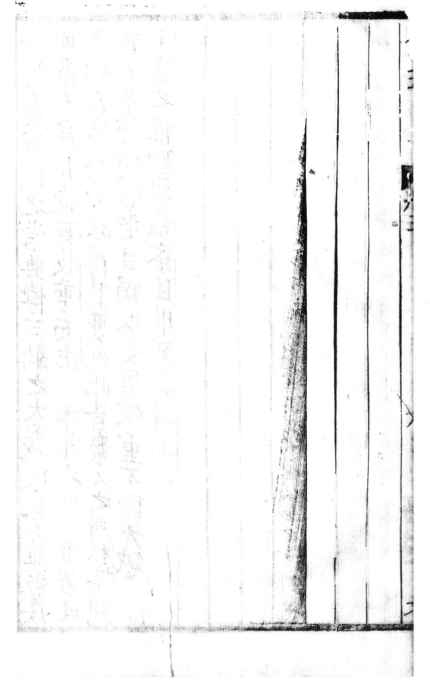

增廣司馬温公全集卷三十四

奏議

論財利疏

臣聞昔楚莊王以無災爲懼曰天豈棄不穀乎范文子曰唯聖人能外內無患然則歲小不登邊鄙有警未必非國家之福也伏見今春天久不雨陛下憂勞於內公卿惶恐於外豈不以公私之積素不充實若遇飢饉將無以相恤乎一朝京師得雨遠方未遍則君臣釋然相慶不復以民食爲念陛下安知來歲之旱不甚於今歲乎蓋天降災沴蠻夷猾夏寇賊姦宄此堯舜所不能免也即不幸有大水大旱方二三千

里戎狄乘間而窺邊細民窮困而爲盜師旅數起久未有功府庫之蓄積已竭百姓之生業已盡陛下當此之時將以何道救之乎臣不知陛下與公卿大臣以此爲必無而不足憂乎將以爲有之而不爲之備俟事至然後憂之也若使俟事至然後憂之雖以陛下之聖明得益稷太公以爲輔佐臣以爲不及矣何則聖賢之治皆積以歲月然後有功欲天下之家給人足固不可一日具也周易既濟之象曰君子以思患而豫防之豫以防之此其時矣失之愈深救之愈難不可勝討柰何日復一日取過目前而已乎晉武帝時何曾謂其子孫曰吾每見　主上所說皆平生常語未嘗及經遠大計吾子孫其及於亂乎其後五

胡構乱中州覆没生民塗炭幾三百年由是觀之上下偷安不為遠謀此最國家之大患也詩曰哀哉為猷匪先民是程匪大猷是經維尔言是聽維尔言是爭如彼築室于道謀是用不潰于成方今之政何以異此此臣之夙夜所為痛心疾首者也古之王者藏之於民降而不能乃藏於倉廩府庫故上不足則取之於下下不足則資之於上此上下所以相保也今既民困矣而倉廩府庫又虛陛下儻不深以為憂而早為之謀臣恐國家異日之患不在於它在於財力屈竭而已今　朝廷不循其本而救其末特置恤民力之官分使使者旁午四出爭言便宜以変更舊制米鹽靡密之事皆非　朝廷所當預者張設

科條不可勝紀或不如其舊益為民患或朝三暮四移左於右其間果能利民者不過放散縣官之物以予民耳是誠損上益下王者之仁政也然旦聞古之聖王養之有道用之有節上有餘財然後推以予民是以天下交足頌聲作矣今入者日寡出者日滋是所謂厭其原開其瀆其竭可立而待也公家既竭不取諸民將焉取之是徒有利民之名而無利民之實果何益哉夫寬恤民力在於擇人不在立法若守令得人則民力雖欲不寬其可得乎守令非其人而徒立苛法適所以擾民耳且自置此官以來於今累年且訪之民間未聞其困弊小瘳於前也然則為今之術柰何曰在隨材用人而久任之在養其本原而徐取

之在減損浮冗而省用之何謂隨才用人而久任之夫人之材性各有所宜雖周孔之材不能徧爲人之所爲況其下者乎固當就其所長而用之今 朝廷用人則不然顧其出身資叙何如耳不復問其材之所堪也故在兩禁則欲其爲嚴助司馬相如任將帥則欲其爲衛青霍去病典州郡則欲其爲龔遂黃霸尹京邑則欲其爲張敞趙廣漢司財利則欲其爲孔僅洪羊世豈有如此人哉故財用之所以匱乏者由朝廷不擇專曉錢穀之人爲之故也國初三司使或以諸衛將軍諸司使爲之判官則朝士曉錢穀者皆得爲之不必用文辞之士也先朝以數路用人文辞之士寘之館閣曉錢穀者爲三司判官曉刑獄者爲

開封府推官三者職業不同趣舍各異莫相涉也然後人主以時引對訪問以察之使令以試之積久以觀之覈其真僞辨其臧否考其功効然後進之退之未必歷其職者皆須進用不可復退也故群臣各亶其用而万事交舉矣夫官久於其業而後明功久於其事而後成是以古者世官相承以爲氏姓先朝陳恕領三司十餘年至今稱能治財賦者以恕爲首豈恕之材智獨異於人哉蓋得從事於其職故也至於副使判官堪其事者亦未數易也是以先帝屢行大禮東封西祀廣修宫觀而財用有餘者用人專而任之久故也近歲三司使副使判官大率多用文辭之士爲之以爲進用之資塗不復問其習與不習於錢穀

也彼文辭之士習錢穀者固有之矣然不能專也於是乎有以薄書爲煩而不省以錢穀爲鄙而不問者矣又居官者出入遷徙有如郵舍或未能盡識吏人之面知職業之所主已捨去矣且頃者判度支勾院甫二年耳上自三司使下至檢法官改易皆徧甚者或更歷數人雖有恪勤之人夙夜盡心以治其職又情稍通綱紀粗立則捨之而去後來者意見各殊則曏之所爲一皆廢壞況怠惰之人因循苟且惟思便身不顧王家者乎如此而望太倉有紅腐之粟府庫有貫朽之錢且未知其期也凡百官莫不欲久於其任而食貨爲甚何則二十七年耕然後有九年之食今居官者不滿三年安得有二十七年之効乎且愚

以爲朝廷宜精選朝士之曉錢穀者不問其始所以進或進士或諸科或門蔭先使之治錢穀小事有功則使之權發遣三司判官事及三年而察之實效顯著然後得權三司判官事又三年更有實效然後復得爲正三司判官其無實效者退歸常調勿復收用其諸路轉運使不復以路分相壓使之久於其任有實效或自權爲正自轉運副使爲轉運使無實效者亦退歸常調勿復收用每三司副使闕則選三司判官及諸路轉運使功效尤著者以補之三司使闕即選於副使以補之三司使久於其任能使用度豐衍公私富實者增其秩使與兩府同而勿改其職如此則異日財用之豐耗不離於已不得諉之它人必

務爲永久之規矣其文辭之士則有資塗不必使爲錢穀之任以輕之也何謂養其本原而徐取之善治財者養其所自来而後收其所有餘故用之不竭而上下交足也不善治財者反此夫農工商賈者財之所自来也農盡力則田善收而穀有餘矣工盡巧則器堅好而用有餘矣商賈流通則有無交而貨有餘彼有餘而我取之雖多則不病矣今之有司自謂能治財者目見之矣凍餒其民而豐積聚者也掃土以市禄位而不恤人也也掊拾麻麥而喪丘山者也保揞一錢而費万金者也不操白刃而爲寇攘者也姦巧簿書而罔君上者也必曰養其所自来而收其所有餘則闒者以爲笑矣夫使稼穡者饑樂而惰游者困

苦則農盡力矣堅好器用者獲利浮僞侈靡者不售則工盡巧矣公家之利捨其細而取其大散諸近而取諸遠則商賈流通矣農工商賈皆樂其業而安其富則公家何求而不獲乎夫農天下之首務也古人之所重今人之所輕非獨輕之又困苦莫先焉何以言之彼農者苦身勞力衣麤食糲官之百賦出焉百役歸焉歲豐則賤貿其穀以應官私之求歲凶則流離凍餒先衆人填溝壑如此而望浮食之民轉而緣南畝難矣彼直生而不知市井之樂耳苟或知之則去而不返矣故以今天下之民度之農者不過二三而浮食者常七八矣欲倉廪之實其可得乎自愚以爲凡農民租稅之外宜無有所預衙前當募人爲之

以優重相補不足則以坊郭上戶爲之彼坊郭之民部送綱運典領倉庫不費一二而農民常費八九何則儇利朴贛之性不同故也其餘輕役則以農民爲之歳豐則官中爲平糴使穀有所歸歳凶則先案籍賙贍農民而後及浮食者民有餘自耕種積穀多者不藉以爲家之數如此則重穀而農勸矣彼百工者以時俗爲心者也時俗貴用物而賤浮僞則百工變而從之矣時俗者以在上之人爲心者也在上好樸素而惡淫侈則時俗變而從之矣其百工在官者亦當擇人而監之以功致爲上華靡爲下物勒工名謹考其良苦而誅賞之取其用不取其數則器用無不精矣彼商賈者志於利而已矣今縣官數以一切

之計變法更令棄信而奪之彼無利則棄業從它縣官安能止之哉是以茶鹽棄捐征稅耗損凡以此也然則縣官之利果何得哉善治財者不然將取之必予之將斂之必散之故曰計之不足而歲計之有餘此迺白圭猗頓之所知豈國家之選擇賢能以治財其用智顧不如白圭猗頓邪患在國家任之不久責近効而遺遠謀故也夫伐薪者刈其條枚養其根本則薪不絕矣若并根本而伐之其得薪豈不多哉後無繼矣是非難知之道也然有司不為者彼其心曰吾居官不日而遷不立効於目前以自顯顧養材以遺後之人使為功吾何賴焉是非特有司之罪也亦朝廷用人之法驅之使然也何謂減損浮冗而省用

之昔太祖初得天下之時止有一百一十一州耳江南兩浙西川富饒之土皆爲異域又承五代荒亂之餘府庫空竭豪桀棊布於海内戎狄窺覦於邊境戎車歲駕四方多虞當是之時内給百官外奉軍旅誅除僭僞賞賜鉅万未嘗聞財用不足如今日之汲汲也陛下承祖宗之業奄有四百餘州天下一統夷狄欵塞富饒之土貢賦相屬承平積幺百姓阜安是宜財用羨溢百倍於前柰何　竭府庫之所蓄罄率土之所有當天下無事之時遑遑焉專救經費而不足万一有不可期之災患將何以待之乎夫以國初之狹隘艱難財用　宜不足而有餘今日之廣大安寧財用宜有餘而不足陛下亦孰思其所以然之理乎得

非太祖所養者皆有功用之人陛下所養者未必盡有功用乎臣竊見陛下天性恭儉不好修靡宮室苑囿皆因祖宗之舊無所更造或隳頓荒蕪不加修治飲饍衣服器皿帷帳適足供用不極精華或苦無弊綻亦不更易雖唐虞之土階三尺茅茨不剪殆無以過左右侍御之人宗戚貴臣之家第宅園圃服食器用往往窮天下之珍怪極一時之鮮明惟意所欲無復分限以豪華相尚以儉陋相訾厭舊而好新月異而歲殊是以費用不足則請求無厭匄貸不恥甚者或依憑詔令以發府庫之財假託供奉以糜縣官之物真偽莫辨多少不會陛下聖度寬仁不欲拒塞惡聞人過不加案詰至於領賜外廷之臣亦皆踰溢常

數不循舊規如鄉者皇子初生所散包子之類賞用不可勝紀臣嘗聞耆舊之人言先朝公主在宮中俸錢不過月五千其餘後宮月給大抵倣此非時未嘗輕有賜予亦不甚豐竊聞近日俸給賜予比於先朝何啻數十倍矣漢明帝曰我子豈宜與先帝子等乎夫等猶不可况過之是以祖宗之積窮於賜予困於浮費臣不能知其詳以外望度之什耗七八矣內藏以虛而浸淫於左藏矣夫府庫者聚天下之財以為民也非以奉一人之私也祖宗所為內藏者以備飢饉兵革非常之費非以供陛下奉養賜予之具也今內藏庫直以內臣掌之不領於三司其出納之多少積蓄之虛實簿書之是非有司莫得而知也若皆奉

養賜予而盡之一旦有飢饉兵革之事三司經費自不能周內藏又無所御斂之於民則民已困竭得無狼狽而不支乎此臣夙夜所以懍懍也今陛下所以有唐虞之德而無唐虞之治者其失在於不忍而好予不忍則不誅有罪好予則不待有功不誅有罪則姦邪欺罔而不忠不待有功則貪倖徼幸而無厭治道之所以不格于上下者凡以此也昔韓昭侯存弊袴命藏之守者曰君亦仁者矣不賜左右而藏之昭侯曰吾聞明主愛一嚬一笑嚬有爲嚬笑有爲笑今袴豈特嚬笑哉吾必待有功者彼小國諸侯猶能慎賞如是而國以富疆況以四海之主不行無功徼幸之賞杜塞甘心悲辭之請則唐虞之治何遠之有哉夫

府庫金帛皆生民膏血州縣之吏鞭撻其丁壯凍餒
其老弱銖銖寸寸而聚之今以富大之州終歲之積
輸之京師適足以供陛下一朝恩澤之賜貴臣一日飲
宴之費陛下何獨不忍於目前之群臣而忍之於天
下之百姓乎夫以陛下恭儉之德擬乎唐虞而百姓
困窮之弊鈞於秦漢秦漢竭天下之力以奉一身陛
下竭天下之力以資衆人其心雖殊其病民一也此
臣等所以戚戚者也又宮掖者風俗之原也貴近者
衆庶之法也故宮掖之所尚則外必爲之貴近之所
好則下必効之自然之勢也今內自京師士大夫外
及遠方之人下及軍中士伍畎畝農民其服食器用
比於數十年之前皆華靡而不實矣嚮之所有今人

見之皆以爲鄙陋而笑之矣夫天地之産有常而人類日繁耕者寡遊手日衆嗜慾無極而風俗日奢欲財力之無屈得乎哉又府史胥徒之屬居無廪禄進無榮望皆以啗民爲生者也上自公府省寺諸路監司州縣鄉村倉場庫務之吏詞訟追呼租稅繇役出納會計凡有毫釐之事關其手者非賂遺則不行是以百姓破家壞産者非縣官賦役獨能使之然也太半盡於吏家矣此民之所以重困者也又國家比來政令寬弛百職隳廢在上者簡倨而不加省察在下者侵盜而恣爲姦利是以每有營造貿買其所費財物什倍於前而所收功利曾不一二此國用之所以尤不足也又自古百官皆有常員而國家用磨

勘之法滿歲則遷日滋月益無復限極是以一官至
數百人則俸祿有增而無損矣又近歲養兵務多不
務精夫兵多而不精則力寡而衣糧費衣糧費則府
庫耗府庫耗則賜賚稀是以不足者豈惟民哉兵亦
貧矣策之失者無甚於此也凡此數者皆所以竭民
財者也陛下安得孰視而無所變更耶臣愚伏願陛
下觀今日之弊思將來之患深自抑損先由近始凡
宗室外戚後宮内臣以至外庭之臣俸給賜予皆循
祖宗舊規勿復得援用近歲僥倖之例其踰越常分
妄有干求者一皆塞絶分毫勿許若祈請不已者宜
嚴加懲譴以警其餘凡文思院内苑作所爲奇巧珍
玩之物不急而無所用者一皆罷省内自妃嬪外及

宗戚下至臣庶之家敢以奢麗之物夸眩相高及貢獻賂遺以求恱媚者亦明治其罪焚毀其物於四達之衢專用樸素以率先天下矯正風俗然後登用廉良誅退貪殘保祐公直銷姦蠹澄清庶官選練戰士不禄無功不食無用如此行之久而不懈臣見御府之財將朽蠹而無所容太倉之粟將弥漫而不可蓋藏農夫棄糧於畎畝商賈讓財於道路矣孰與今日汲汲以應目前之求懔懔以憂將来之困乎夫食貨者天下之急務今窮窘如是而宰相不以爲憂意者以爲非己之職故也臣願陛下復置總計使之官使宰相領之凡天下金帛錢穀隷於三司及不隷於三司如内藏庫奉宸庫之類總計使皆統之小事則官

長貳達大事則謀於總計使而後行之歲終則上
其出入之數於總計使總計使量入以爲出若入寡而
出多則總計使察其所以然之理求其費用之可省
者以奏而省之必使歲餘三分之一以爲儲蓄備禦
不虞凡三司使副使判官皆總計使辟置使及掌內藏奉宸等
庫之官皆委總計使察其能否考其功狀以奏而誅
賞之若總計使久試無效則乞陛下罷退其人更置
之議者必以爲宰相論道經邦燮理陰陽不當領錢
穀之職是皆愚人不知治體者之言昔舜舉八愷使
主后土奏庶艱食鮮食懋遷有無地平天成九功惟敘周
禮冢宰以九職九賦九式九貢之法治財用唐制以
宰相領鹽鐵度支户部國初亦以宰相都鑒三司水

陸發運等使是則錢穀自古及今皆宰相之職也今譯經潤文猶以宰相領之豈有食貨國之大政而謂之非宰相之事乎必若倉廩空竭閭閻愁困四方之民流轉死亡而曰我能論道經邦燮理陰陽非愚臣之所知也臣不勝狂愚冒犯忌諱惟陛下裁察

增廣司馬溫公全集卷三十五

奏議

應詔言政闕失

右臣准西京牒准三月三十日詔勅朕涉道至淺暗于致治政失其中以干陰陽之和乃自冬迄春旱暵爲虐四海之内被災者廣間詔有司損常膳避正殿冀以塞責消變歷日滋久未蒙休應嗷嗷下民大近勞止中夜以興震悸靡寧永惟其咎未知攸出意者朕之聽納不得於理歟獄訟非其情歟賦斂失其節歟忠謀讜言鬱於上聞而阿諛壅蔽以成其私者衆歟何嘉氣之久不效也應中外文武臣寮並許實封

直言朝政闕失朕將親覽考求其當以輔政理三事大夫務悉心交儆成朕志焉臣伏讀詔書喜極以泣昔成湯以六事自責今陛下以四事求諫聖人所爲異世同符凡詔書所言皆即日之深患陛下既已知之群臣夫復何云曾子曰尊其所聞則高明矣行其所知則光大矣陛下誠知其如是復能斷志無疑不爲左右所移則安知今日之災沴不如太戊之桑穀高宗之雊雉成王之雷風宣王之旱魃更爲宗廟生民之福乎然自詔下以來臣不知中外之臣亦有以當今之急務生民之疾苦力爲陛下別白言之者乎蓋必有之矣而臣未得聞也臣竊不自揆伏念父子受國恩厚備位侍從曏在朝廷屢以狂瞽塵瀆聖聰

間以衰疾自求閑官不敢復預國家之議四年於茲
矣幸遇　陛下發不世之詔問以朝政闕失斯實千
載一時古人雖在畎畮猶不忘君況居位食祿者乎
是以不畏當塗避衆怒愛微軀保妻子心知時事之
可憂而塞嘿不言也竊覩　陛下英叡之性希世少
倫即位以來銳精求治恥爲繼軆守文之常主高欲
慕堯舜之隆下不失漢唐之盛擢俊傑之材使之執
政言無不聽計無不從所譽者超遷所毀者斥退垂
衣拱手聽其所爲推心腹人莫能間雖齊桓公之任
管仲蜀先主之任諸葛亮殆不及也執政者亦悉心
竭力以副　陛下之欲恥爲碌碌守文循故事之臣
每以周公自任是宜百度交正四民豐樂頌聲旁洽

嘉瑞沓至乃其效也然六年之間百度紛擾四民失業怨憤之聲所不忍聞災異之大古今罕比其故何哉豈非執政之臣所以輔 陛下者未得其道歟所謂未得其道者在於好人同已而惡人異已是也陛下既全以威福之柄授之使之制作新法以利天下是宜與衆共之捨短取長以求盡善而獨任已意惡人攻難群臣有與之同者則擢用不次與之異者則禍辱隨之人之情誰肯棄福而取禍去榮而就辱於是天下之士躁於富貴者翕然附之爭勸 陛下亦加委信順從其言嚴斷刑罰以絶異議如是者往往立取美官此年以來中外執政權臣皆此屬矣其懷忠直守忠信者皆擯斥廢棄或罹罪譴無所容立

至於臺諫之官天子耳目所以規朝政之闕失糾大臣之專恣此陛下所當自擇而亦使執政擇之彼專用其親愛之人則小有違忤即加貶逐以懲後來必得佞諛之尤者然後使爲之如是則政事之愆謬群臣之姦詐下民之疾苦遠方之冤抑陛下何從得聞見之乎又奉使詢利害於四方者亦其所親愛之人皆先禀其意指憑其氣勢以驅迫州縣之吏善惡繫其筆端升黜由其脣吻州縣之吏承迎奉順之不贍何暇與之講利害立同異哉其入奏則云州縣守宰咸以爲便經久可行陛下但見其文書粲然可觀以謂法之至善詢謀僉同豈知其在外所爲哉或者更增爲條目務其新巧互陳利病各事改張使畫一之

法日殊月異久而不定吏民莫知所從蓋由襲故則無功出奇則有賞彼此皆進身之私計非有益國便民之志也又令使者督責所在監司監司督責州縣上下相驅競為苛刻奉行新法稍不盡力則謂之非才不職及沮壞新法立行停替或誤新法皆不理赦降去官與犯贓者罪同而重於犯私罪者州縣之吏唯奉行文書救免罪戾之不暇民事不復留心矣又潛遣邏卒聽市道之人謗議者執而刑之又出牓立賞募人告捕誹謗朝政者臣不知自古聖帝明王之制固如是耶昔堯稽于衆舍己從人舜戒群臣予違汝弼汝無面從退有後言此所以為帝王之稱首者也秦惡聞其過殺直諫之士禁偶語之人及其禍敗行

道之人皆知之而已獨不知此所以爲万世戒者也子産相鄭鄭人遊於鄉校以論執政然明請毀之子産曰何爲夫人朝夕退而遊焉以議執政之善否其所善者吾則行之其所惡者吾則改之是吾師也若之何毀之我聞忠善以損怨不聞作威以防怨豈不遽止然猶防川大決所犯傷人必多吾不克救也不如小決使道不如吾聞而藥之也何今之執政異於古之執政乎齊景公謂梁丘據曰惟據與我和夫晏子對曰據亦同也焉得爲和和如羹焉水火醯醢鹽梅以烹魚肉宰夫和之齊之以味濟其不及以洩其過君子食之以平其心君臣亦然君所謂可而有否焉臣獻其否以成其可君所謂否而有可焉臣獻其

可以替矣否是以正平而不干民無爭心今據不然君所謂可據亦曰可君所謂否據亦曰否若以水濟水誰能食之今朝廷之臣對揚啓沃亦有異於梁丘據者乎衛君言計非是而羣臣和者如出一口子思曰以吾觀衛所謂君不君臣不臣也人主自臧則衆謀不進事是而臧之猶衆謀不進況和非以長惡乎夫不察事之是非而悦人贊己闇莫甚焉不度理之所在而阿諛求容諂莫甚焉君闇臣諂以在民上民不與也若此不已國無類矣子思言於衛侯曰君之國事將日非矣出言自以爲是而卿大夫莫敢矯其非卿大夫出言自以爲是而士庶人莫敢矯其非君臣既自賢矣而羣下同聲賢之賢之則順而有福矯之則

諫而有禍如此則善安從生今執政主新法群下同
聲賢之有以異於衛國之政乎是以士大夫憤懣鬱結
視室竊歎而口不敢言庶人飢寒憔悴怨嗟號哭而
無所控告此則陛下所謂忠謀讜言鬱於上聞而阿
諛壅蔽以成其私者也若乃忠讜退伏阿諛滿側而望
百度之正四民之樂頌聲之洽嘉瑞之臻固亦難矣
方今朝之闕政其大者有六而已一曰廣散青苗錢
使民負債日重而縣官無所得二曰免上戶之役斂
下戶之錢以養浮浪之人三曰置市易與細民爭利
而實耗散官物四曰中國未治而侵擾四夷得少失
多五曰結保甲教習凶器以疲擾農民六曰信狂狡
之人妄興水利勞民費財若其它瑣瑣米鹽之事皆

不見異、陛下適也捨其大而言其細捨其急而言其緩人有獻替之迹内懷附會之心是姦邪之尤者自不敢爲也凡此六者之爲害人無貴賤愚智莫不知之乃陛下左右前後之臣日譽新法之善者其心亦知其不可但欲希合聖心附會執政盜竊富貴耳一旦陛下之意移則彼之所言亦異矣且今不敢復聽簡札叙利害以煩聖聰但願陛下勿詢阿諛之黨勿徇權臣之意斷志罷之必有能爲陛下言其詳者矣此六者之中青苗免役錢爲害尤大夫力者民之所生而有之也穀帛者民可耕桑而得也至於錢者縣官之所鑄民不得私爲也自未行新法之時民間之錢固以少矣富商大賈藏鏹者或有之彼農民之富者不過占田稍廣積穀稍多室屋脩完耕牛不假而已未嘗有積錢巨萬於家者其貧者藍縷不蔽形糟糠不充腹春指夏熟夏望秋成或爲人耕種資采拾以爲生亦有未嘗識錢者矣是以古之用民各因其所有而取之農民之役不過出力税不過穀帛及唐末兵興始有税錢者故白居易議之曰私家無錢鑪平地無銅山言責民以所無有也今有司爲法不然無問市井田野之人由中及外自朝至暮唯錢是求農民値豐歲賤糶其所收之穀以輸官比常歲之價或三分減二於斛㪷之數或十分減二以求售於人若値凶年無穀可糶吏責其錢不已欲賣田則家家賣田欲賣屋則家家賣屋欲賣牛則家家賣牛無內可

售不免伐桑棗撤屋材賣其薪或殺牛賣其肉得錢以輸官一年如此明年將何以為生乎故自行新法以來農民尤被其患農者天下之本農既失業餘民安所取食哉今貨益重物益輕年雖飢穀不甚貴而民倍困於國計者豈可不少思其所以哉此皆斂錢之咎也北盡塞表東被海涯南踰江淮西及邛蜀自去年秋冬絶少雨雪井泉溪澗往往涸竭二麥無收民已絶望孟夏過半秋種未入中戶以下大抵乏食采木實草根以延朝夕若又如是數月將何如哉當此之際而州縣之吏督迫青苗助役錢不敢少緩鞭笞縲紲唯恐不迨婦子遑遑如在湯火之中號泣呼天無復生望且恐鳥窮則啄獸窮則攫民困窮已極而

無人救恤羸者不轉死溝壑壯者不聚為盜賊將何之矣若東西南北所在嘯聚連群結黨日滋月蔓弥漫山澤蹈藉城邑州縣不能禁官軍不能討當是時方議除去新法將奚益哉陳勝吳廣赤眉黃巾黃巢之徒自何而有皆疲於賦斂復值飢饉窮困無聊之民耳此乃宗廟社稷之憂而廟堂之上方晏然自得以為太平之業八九已成此臣所為痛心疾首晝則忘食夜則忘寢不避死亡敢默不能者也易復之初六曰不遠復無祗悔元吉言過而能悔不大也其上九曰迷復凶有災眚用行師終有大敗以其国君凶至于十年不克征言迷而不復凶且有災於君道尤不利也昔秦穆公敗於殽作秦誓曰惟古之謀人則曰未就

予忌惟今之謀人姑將以為親雖則云然尚猶詢茲黃髮則罔所愆蓋悔棄老成之遠慮用利口之淺謀以取覆敗而私補其過也故能終雪前恥霸西戎漢武帝征伐四夷中国虛耗盜賊群起又喪貳師之軍乃下哀痛之詔曰迺者以縛馬書徧示丞相御史二千石諸大夫郎為文學者皆虜自縛其馬不祥甚哉公車方士太史太卜皆以為吉今計謀卦兆皆反謬蓋始寤公卿方士之諂諛對不以誠致誤国事有悔于心也故禁強暴止擅賦力本農天下復安自国家行新法以來天下之心祈口禱唯冀陛下之覺悟而拯救其失以蘇疲民如望上天之膏澤日復一日以至于今及今改之猶可救也過是則民力屈竭一

旦渙然離散乃始勞心安集豈不難哉竊覩陛下詔
書畏天災深自咎責丁寧懇惻以求至言是陛下已
知前日之失而欲有所改為也若徒著之空文而於
新法無所變更是猶臨鼎哀魚之爛而益薪不已將
何補哉陛下誠能垂日月之明奮乾剛之斷放遠阿
諛勿使壅蔽自擇忠讜為臺諫官收還威福之柄悉
從己出詔天下青苗錢勿使散其見在民間逋欠者
計從初官本分作數年催促更不收利息其免役錢
盡除放差役並依舊法罷市易務其所積貨物依元
買價出賣所欠官錢亦除利催本罷拓土闢境之兵
皁安中國然後征伐四夷罷保甲教閱使服田力穡
所興修水利委州縣相度凡利少害多者悉罷之如

此則中外讙呼上下感悅和氣薰蒸雨必霑洽矣彼
阿諛之人附會執政者皆緣新法以得富貴若陛下
以爲非而捨之彼如魚之失水必力爭固執而不肯
移願陛下勿問之也臣竊聞陛下以旱暵之故避殿
撤饍其焦勞至矣而民終不被其澤不若罷此六者
立有溥博之德及於四海也又聞京師近雖獲雨而
畿田之外旱氣如故王者以四海爲家無有遠近皆
陛下赤子陛下雖徇群臣之請御正殿復常膳猶應
兢兢業業憂勞四方不宜自寬以爲無復災也又諸
州縣奏雨往往止欲解陛下焦勞之心一寸則云三
寸三寸則云一尺多不以實不可不察也又聞青苗
之法災傷及五分則倚閣其間官吏不仁者至有抑

遏百姓止放四分以下稅此尤可罪者也臣在冗散之地若朝政小小得失臣固不敢預聞今坐視百姓困於新法如此將為朝廷深憂而陛下曾不知之又今年以來臣衰疾寖增恐万一溘先朝露齎懷忠不盡之情長抱恨於黄泉是以冒死一為陛下言之儻陛下猶弃忽而不之信此則天也臣不敢復言矣干冒宸扆無任懇切惶懼之至

增廣司馬溫公全集卷三十六

奏議

陳免役五害

元祐元年二月九日申時准　都省批下當月七日勑中書省奏門下侍郎司馬光劄子奏切見免役之法其害有五舊日差役之時上戶雖差充役次有所

陪備後役今則年年出錢無有休息或有出錢數多於往日充役陪備之錢者其害一也舊日差役之時下戶元不充役今來一例令出免役錢驅迫貧民剥膚椎髓家產既盡流移無歸弱者轉死溝壑强者聚爲盜賊此其害二也舊日差役之時所差皆土著良民各有宗族田產使之作公人管句諸事各自愛惜少有大段作過使之主守官物少敢侵盜所以然者事發逃亡有宗族田產以累其心故也今召募四方浮浪之人使之充役無宗族田產之累作公人則恣爲姦偽由法受贓主守官物則侵欺盜用一旦事發則挈家亡去變姓名往別州縣投名官中無由追捕官物亦無處理索此其害三也自古良民所有不過

穀帛與力凡此以供公上賦役無出三者皆取諸其身而無窮盡今朝廷立法曰我不用汝力止輸我錢我自雇人殊不知農民出錢難於出力何則錢非民間所鑄皆出於官上農之家所多有者不過莊田穀帛牛具桑柘而已無積錢數百貫者也自古豐歲穀賤已自傷農官中更以免役及諸色錢督之則穀愈賤已平時一㪷且百錢賤者不過直四五十更急責之則直三二十矣豐年猶可以糶穀送納官錢若遇凶年則穀亦無不免賣莊田牛具桑柘以求錢納官既家家各賣如何得售惟有拆屋伐桑以賣薪殺牛賣肉今歲如此來歲何以爲生是官立法以殄盡民之生計也其害四也提舉常平倉司惟務多歛役

錢廣積寬剩以爲功効希求進用今　朝廷雖有指
揮令役錢寬剩不得過二分竊慮聚斂之臣猶依傍
役錢別作名目隱藏寬剩使幽遠人不被聖澤此其
害五也　陛下近詔臣民各上封事言民間疾苦所
降出者約數千章無有不言免役錢之害者足知其
爲天下之公患無疑也以臣愚見爲今之計莫若直
降勑命應天下免役錢一切並罷其諸役人並依熙
寧元年以前舊法人數委本縣令佐親自揭五等丁
產簿定差仍令刑部檢會熙寧元年見今差役條貫
雕印頒下諸州差之人若正身自願充役者即令充
役不願充役仍使選雇有行止人自代其雇錢多少
私下商量若所雇人逃亡即勒正身別雇若將帶官

物勒正身陪填如此則諸色公人盡得有根柢行止之人必敢作過官中百事無不修舉其見僱役人候差到役人各放令逐便數內惟衙前一役最號重難鄉日差役之時有因重難破家產者朝廷因此始議作助役然自後條貫優假衙前諸公使庫設廚酒庫茶酒司並差將校管勾諸上京綱運召得替官員或差使臣殿侍軍大將管押其麤色及畸零之物差將軍或節級管押衙前苦無差遣不聞便有可委之人若今差衙前料民間陪備亦少於鄉日不至有破家產者若又以為衙前户力難以獨任即乞依舊於官户僧寺道觀單丁女户有屋業每月掠錢及十五貫莊田中年所收斛㪷及百石以上者並令隨貧富

分等第出助役錢不及此數者與放免其餘羨剩並約此爲準所有助役錢令逐州樁管據所有多少數目約本州衙前重難分數每分各給幾分遇衙前合當重難差遣即行支給然尚慮天下役人利害逐處各有不同欲乞於今來勑內更行指揮下開封府界及諸路轉運司牒下諸縣逐縣官看詳若依今來指揮別無妨礙可以施行即便依此施行若有妨礙致施行未得即仰限勑到五日內具利害擘畫申本州類聚諸縣所申擇其可取者限勑當到一月內具利害擘畫申轉運司仰轉運司類聚諸州所申擇其可取者限　勑書到一季內具利害擘畫奏聞　朝廷候奏到各隨宜修改作一路一州一縣勑施行務要

所在役法曲盡其宜取進止

乞依前勑差役

臣伏見御批指揮以臣近建明差役法慮其間未得盡備差韓縝呂大防孫永范純仁專切詳定聞奏臣竊以免役錢之病民自鄙日臣僚民庶上封事及日近劉摯等奏陳言之甚詳非獨出臣一人之私意也陛下幸用臣言悉罷免役錢依舊差役詔下之日中外歡呼往來之人聞道路農民迭相慶賀云今後這回快活也然則此令之下深合人心明白灼然無可疑者其間條目未備不能委曲盡善固須有之臣所以乞下諸路州縣官吏令看詳若有妨礙施行未得即具利害擘劃以次上聞誠以畎畝幽隱南北異宜

自非在彼親民小官無以知其詳悉故令各具所見指陳利害所以盡下情求民瘼非謂勑書一下禁人不得復議也俟其奏到條議添改何後之有要在早罷役錢復差役爲大利而已如構大厦棟宇已立雖户牖未備可以徐圖今陛下令韓維等再行詳定考究利害完備漏略成就良法固無所妨但勑下已踰半月州縣差役約以及半方行遣紛紜臣愚切恐聞此指揮謂朝廷前日之勑改更未定或斂錢或差役尚未可知官吏惶惑不知所從衆庶失望怨嗟益甚必有本因新法得進之臣乘此間隙爭言免役錢不可罷因聚斂獲功之吏稱舊條未敷督免役錢愈急是民出湯火濯清泉復入湯也伏望朝廷特賜申勑

州縣若今來止爲其間條目未備令維等詳定所有差役仰州縣依前勑一面施行候詳定到事節續降下次免致於差役中半紛紜之際令出反汗人情大摇實天下幸甚

乞罷免役錢

竊以百姓出力以供在上之役蓋自古及今未之或改熙寧中執政者以爲百姓惟苦差役破産不憚增税乃請據家貲高下各令出錢雇人充役按因差役破産者惟鄉户衙前有之自餘散從承符弓手手力耆户長壯丁未聞破産者也其鄉户衙前所以破産者蓋由山野愚戇之人不能幹事使之主管官物或因水火損敗或爲上下侵欺是致欠折備償不足有

破產者至於長名衙前久在公庭句當精熟每經重難差遣積累分數別得優輕場務酬獎往往致富何破產之有夫差役出於民錢亦出於民今使民出錢雇役何異割皋飼口朝三暮四於民何所利又鄉者役人皆上等户爲之其下等單丁女户及品官僧道本來無役今更使之一槩輸錢則是賦斂愈重非所以寬之也故自行役法以來富室差得以甚寬而貧者困窮日甚殆非所以抑兼并哀煢獨均賦役也又監司守令之不仁者於雇役人之外多取羨餘或一縣至數萬貫以冀恩賞規進取不顧爲民世世之患又國家舊制所以必差青苗户充役人者爲其有莊田家屬有罪難以逃亡故頗自重惜今一槩浮浪之人充

役常日思爲不法一旦事發單身竄匿何處州縣不可投名又農家所有不過穀帛與力自古賦役無出三者自行新法以来青苗役錢及賦斂多責見錢錢非私家所鑄要須外求豐歲穀賤已傷農況迫於期限不得半價盡糶所收未能充數貧家之糇粮不暇更留若值凶年則又無穀可糶人人賣田無所可售遂至殺牛賣肉伐桑鬻薪來年生計不敢復議此農民所以重困也又錢者通流之物故謂之布比年以来物貴錢賤而閭閻益困所以然者錢皆聚於官中民間之錢貨重物輕借使有人鬻薪糴米米價雖賤薪價亦賤故也臣愚以謂宜悉罷役錢其餘州縣諸色役人並依舊制委本縣令佐揭簿定差替見雇役人

其衙前先召募人投充長名召募不足然後差鄉村人戶每經歷重難差遣依舊以優輕場務充酬獎所有見在免役錢撥充州縣常平本錢以戶口爲率存三年之蓄有餘則歸轉運司凡免役之法縱富强應役之人征貧弱不役之力利於富者不利於貧者及今耳目相接猶可復舊若更年深富者安之民不可復差役矣

乞不改更罷役錢勅

臣近以抱疾家居恐溘先朝露無以少報貺盛德是以力疾貪陳所見竊以即日爲小民病者無若免役錢欲乞悉行廢罷復祖宗差役舊法識慮愚淺誠不意朝廷盡從其說非陛下明斷不能如是此乃天下

之幸非獨微臣之幸也然臣聞令出惟行弗惟反免役錢惟下戶困苦而上戶優便行之已近二十年人情習熟一旦變更不能不懷異同又復行差役之初州縣不能不小有煩擾又提舉官專以多斂役錢為功惟恐役錢之罷若見朝廷今日所下勅微有變動必須相告曰朝廷之勅果尚未定宜且觀望必競言役錢不可罷朝廷万一聽之則良法復壞矣伏望朝廷執之堅如金石雖有小小利害未備俟諸路轉運司奏到徐為改更亦未為晚當此之際則願朝廷勿以人言輕壞良法取進止

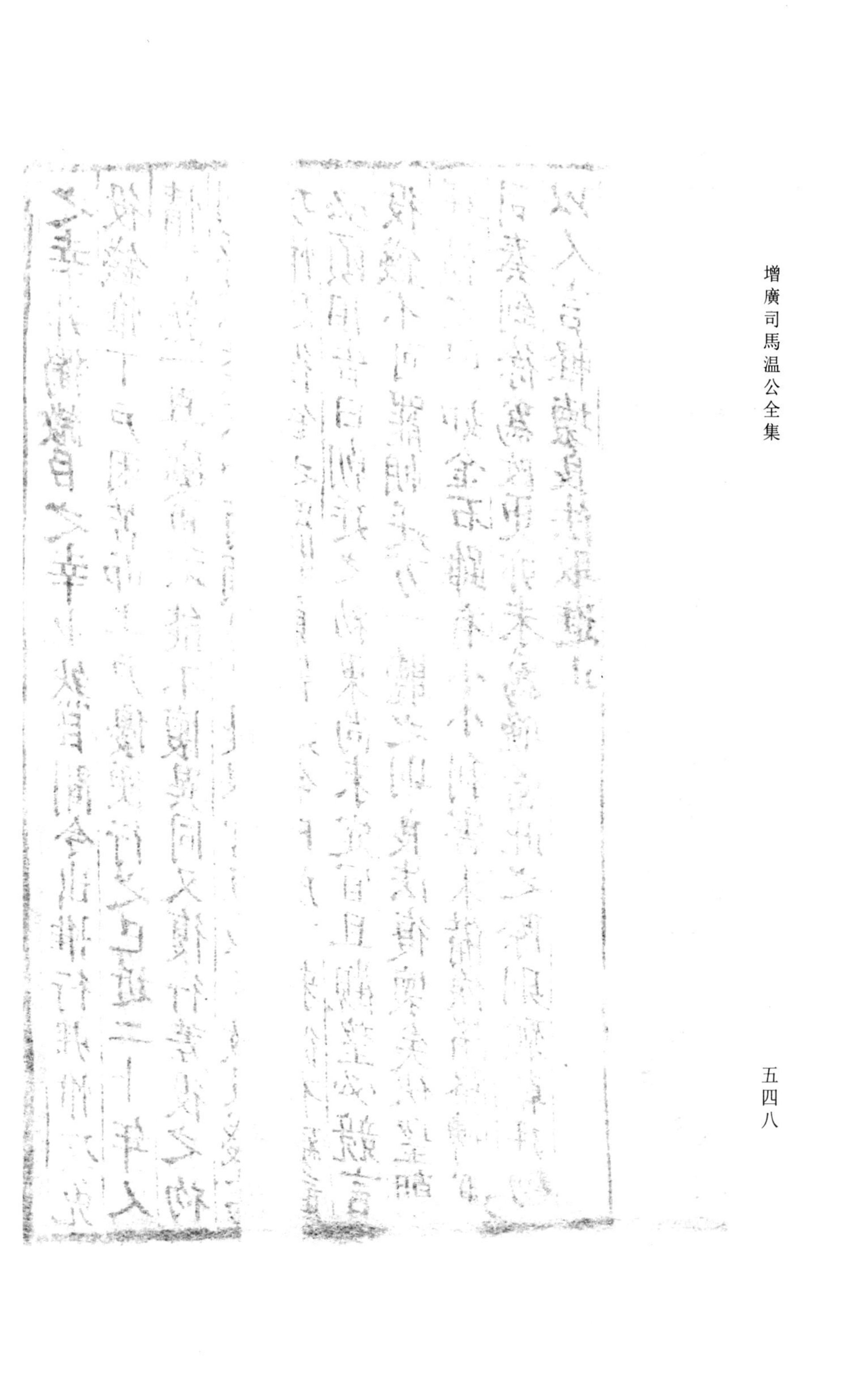

增廣司馬溫公全集卷三十七

奏議

乞罷條例司常平使

月日具位臣姓某謹昧死再拜上疏皇帝陛下臣蒙聖恩除樞密副使仍屢遣使陳禮等趣臣就職德澤汪洋天隆地厚非臣隕身糜骨所能報稱然臣竊惟陛下用臣之意蓋察臣狂直庶幾有補於國家臣所以

事陛下之心亦不過竭其愚忠以裨益聖德之万一若陛下徒以禄位榮臣而不取其言則是以天禄私非其人臣徒以禄位自榮而不能救生民之患則是盜竊朝廷名器以私其一身誠恐上累陛下之至公下喪微臣之素守此臣所以屢違詔命不敢祗受者也且伏見陛下天縱英俊厲精求治思得嘉謀以新美天下而建畫之臣不能仰副聖意思慮未熟講議未精徒見目前之小利不顧乆永之大害憂政事之不治不能輔陛下修祖宗之令典乃更變亂先王之政刑患財利之不足不能勸陛下以恭儉節用乃更遣聚斂之臣誅剥齊民設官則以冗增冗立法則以苛立苛使四海危駭百姓騷然猶堅執而行之不肯

自以為非也臣先曾上疏言不當設制置三司條例司又言天下之事當委之轉運使知州知縣不當別遣使者擾亂其間又嘗因經筵侍坐言散青苗錢不便自後朝廷更遣使四十餘人分行天下以提舉管句常平廣惠倉相度差役農田水利為名其實專使之散青苗錢臣竊自疑智識淺短不足以知天下通變之務又疑因臣之言激怒建畫之臣使行之更力由是閉口不敢得言今行之纔數月中外鼎沸皆以散青苗錢不便者大率但知所遣使者或年少位卑倚勢作威陵轢州縣騷擾百姓止論今之害也臣所憂者乃在十年之後非今日也夫生民之所以有貧富者由其材性愚智不同富者智識差長憂深思遠

事勞筋苦骨惡衣菲食終不肯取債於人故其家常有贏餘而不至狼狽也貧者皆窳偷生不爲遠慮一醉日富無復贏餘急則取債於人積不能償至於鬻妻賣子凍餒填溝壑而不知自悔也是以富者常借貸貧民以自饒而貧者常假富民以自存雖苦樂不均然由彼此相資以保其生今縣官乃自出息錢以春秋貸民民之富者皆不願取貧者乃欲得之提舉官欲以多散爲功故不問民之貧富各隨戶等抑配與之富者與債仍多貧者與債差少多者至十五緡少者不減千錢州縣官吏恐以逋欠爲負必令貧富相兼共爲保甲仍以富者爲魁首貧者得錢隨手皆盡將來麥小有不登二稅且不能輸況於息錢固不

能償吏督之急則散而之四方富者不去則獨償數
家所負力竭不逺則官必爲之倚閣春債未畢秋債
復来歷年寖深債負益重或值凶年則流轉死亡幸
而豐稔則州縣之吏併催積年所負之債是使百姓
無有豐凶長無蘇息之期也貧者既盡富者亦貧臣
恐十年之外富者无幾何矣富者既盡若不幸国家
有邊隅之警興師動衆凡粟帛軍貨之費將從誰取
之目不知今者天下所散青苗錢凡幾千万緡若民
力既竭加以水旱之災州縣之吏果有仁心愛民者
安得不爲之請於朝廷乞因郊赦而除之朝廷自祖
宗以来以仁政養民豈可視其流亡轉死而必責其
所負其勢不得不從請者之言也然則官錢數千万

緡已放散而不返矣官錢既放散而百姓又困竭但使閭胥里長汝收督之際有乞取貸此可以謂之善計乎且常平倉者乃三代聖王之遺法非獨李悝耿壽昌能爲之也穀賤不傷農穀貴不傷民民頼其食而官收其利法之善者無過於此比來所以隳廢者由官吏不得人非法之失也今聞條例司盡以常平倉錢爲青苗錢又以穀换轉運錢是故盡壞常平專行青苗也国家每遇凶年供軍倉自不能足用固無羨餘以濟民所頼者止有常平倉錢穀耳今一一盡作青苗散之向去若有豐年將以何錢平糴若有凶年將以何穀賑贍乎臣竊聞先帝嘗出内藏庫錢一百万緡助天下常平倉作糴本前日天下常平倉錢穀

共計一千餘万貫石今無故盡散之佗日若思常平之法復欲收聚何時得及此數乎目以謂散苗錢之害猶小而壞常平之害猶大也今国家每有大費三司所不能供者陛下輙取内藏庫物以給之彼内藏庫者乃祖宗累世之所畜聚以備軍旅非常用也使其物常如泉源出於庫無有窮竭之時則可矣若今皆斂之於民以實之則有時而空矣昔漢文帝欲作露臺召匠計之直百金上曰百金中人十家之産也吾何以臺為太宗時[illegible]王常作假山召屬僚置酒觀之翊善姚坦獨俛首不視王強使視之坦曰惟見血山耳不見假山王驚問其故坦曰坦在田舍時見州縣督稅里胥臨民捕人父子兄弟送縣笞撻血流滿身

愁苦之聲不可忍聞此假山皆民租賦所爲非血山而何是時上亦自爲假山聞之遽令毁之今陛下令薛向於江淮爲質易以万緡畀之又散青苗錢幾千万緡其餘五十万三十万者固不足數尔其爲靈臺假山之費不亦多乎陛下聰明仁儉固不減於漢文帝及太宗然而是棄財物如糞土者蓋未知其所從来皆出於生民之肌血耳陛下若終信條例司所言推而行之不肯变更以循舊貫十年之外富室既尽常平已壞帑藏又空不幸有方二三千里之水旱飢殍滿野加以四夷侵犯邊境羽書猝至戎軍塞路攻戰不已轉餉不休當是之時民之羸者不轉死溝壑壯者不聚爲盜賊將何之矣秦之陳勝吳廣漢之赤

眉黄巾唐之黄巢皆窮民之所爲也大勢旣去雖有
智者不能善其後矣臣竊惟太祖太宗躬擐甲冑櫛
沐風雨跋履山川蒙犯矢石以爲子孫成光明盛大
之業如此其美也陛下試取臣歷年圖觀之自周末
以来至于國初一千三百六十有二年其間乱離板
蕩則固多矣至於中外無事不見兵革百有餘年如
國朝之盛者豈易得乎此臣所以尤爲陛下痛惜者
也書曰民不靜亦惟在王宮邦君室臣竊見方今四
夷親附邊鄙不聳五穀和熟盜賊希簡是宜爲天下
無事和樂之時而中外恟恟而不自安者無佗故也
正由朝廷有制置三司條例司諸路有提舉句當常
平廣惠倉使者爭獻謀畫各矜智巧變更祖宗法度

侵牟細民常產掊斂財利以希恩寵非獨此青苗一事而已至於欲計畝率錢雇人充役變汴水以種稻及澆溉民田及欲洩三十六陂水募人耕佃若此之類不可悉數道路之人共所非笑而條例司自以爲高奇之策書以授常平使者必欲行之天下恐其興作之不已皆如青苗爲害於民也故小大遑遑不敢自安苟不能罷廢此局則生民必無休息之期矣

陛下誠能昭然覺悟采納臣言罷制置三司條例司及追還諸路提舉句當常平廣惠倉使者其官員並送審官院與合差遣青苗錢已散者令州縣候豐熟日催收本錢更不取利未散者毋得更散其常平倉錢穀依舊封樁令提點刑獄司句當則太平之業

依然復故矣玆事明如白黑易如反掌陛下何憚而不為也如此臣雖盡納官爵但得為太平之民以終餘年其幸多矣苟言不足采陛下雖引而置諸二府徒使天下指臣為貪榮冒寵之人未審陛下將何所用之不勝縷縷狂愚之誠惟聖明裁處臣某昧死再拜上疏

乞免永興軍路苗役錢

臣奉勅差充永興軍一路安撫使臣竊見陝西百姓自成綏州以來供應諸般科配及支移稅賦往近邊州軍日近復有環慶事宜加之今年亢旱五穀不熟人戶流移者已聞不少國家所宜汲汲存恤使人戶安集臣伏見先所散青苗錢貧破百姓為患不細臣

已曾累次上言不敢重煩聖聽今又聞議者欲令州縣將諸色役人一時放罷官爲雇人祗應却令人戸均定免役錢隨二稅送納乃至單丁女戸客戸寺觀等並令均出若果行此法其爲害又必甚於青苗錢何則上等人戸自來更互充役有時休息今歲歲出錢是常無休息之期也下等人戸及單丁女戸等從來無役今盡使之出錢是孤貧鰥寡之人俱不免役也若錢少則不足雇人若錢多則須重斂於民雇人不足則公家闕事重斂於民則衆心愁怨自古以來繇役皆出於民一旦變之未見其利也且受雇者皆浮浪之人使之主守官物則必侵盜使之幹集公事則必爲姦事發則挺身逃亡無有田宅宗族之累建

議者亦自知其不可乃云雇召人工足即依例輸差支與豕[illegible]所定工錢足了役事則自當有人應募今既無人應募必是錢少不足充役是徒有免役之名而役猶不免但無故普增數倍之税也彼青苗錢以債與民而取其息也已是困民之法今又使横出數倍之税民安有不困斃者哉富庶之域猶不能堪况陝西累歲犯邊民力彫弊豈可復為無益之事以擾之乎伏望特免永興軍一路青苗免役錢以愛惜民力專奉邊費其餘路分則繫朝廷裁酌取進止

論錢穀宜歸一

臣竊以洪範八政食貨為先故古者国用必使冢宰制之祖宗之制天下錢穀自常平倉隷司農寺外其

餘皆總於三司一文一勾以上悉申帳籍非條例有定數有不敢擅支故能知其大數量入爲出詳度利害變通法度分畫移用取彼有餘濟此不足指揮百司轉運使諸州如臂使指朝廷嘗慎選健吏精理財者爲三司官如陳恕林特李參之類皆稱職有名者也其餘非通曉錢穀者亦罕得叨居其任故能倉庫充溢用度有餘民不疲乏邦家人安自改官制以來備置尚書省六曹二十四司及九寺三監各有職事舊曰三司所掌其務在六曹及諸寺監應支用錢物五曹得以自專有司得符即時應副而戶部不能制申發帳籍又不盡歸戶部戶部既不得總天下財賦无由盡知錢穀出內見在之數既不盡知何由量入

為出又五曹及内外百官各具理財之法申奏施行戶部不得一一關預無由盡公共利害今之戶部尚書舊三司使之任也而左曹隸尚書右曹隸侍郎天下之財分而為三視彼有餘視此不足不得移用天下皆国家之財而分張如此无專主之者誰為国家公共愛惜通融措置者乎譬之人家有財必有一人專主管支用若使數人主之各務已分所有者多互相侵奪又人人得取而用之財有增益者乎故利權不一雖天下財如江海亦恐有時而竭况民力及山澤所出有限劑乎此目所以日夜為国家深憂者也今縱未能大有更張欲乞且令尚書兼領左右曹侍郎則分職而治其右曹所掌錢物尚書非奏請得旨不

得以擅支諸州錢穀金帛隸提舉常平倉司者每月亦須具帳申戶部六曹及寺監欲支用錢物皆須先關戶部符下支撥不得一面奏乞直支應掌錢物諸司不見戶部符行不得應副其舊日三司所管錢穀財用事有散在五曹及諸寺監者並乞收歸戶部者謂戶部事多官少難以辦集即乞減戶部冗末事務付閑曹他司點領而通隸戶部如此則利權歸一若更選用得人則天下之理庶幾可財矣取進止

論衙前劄子

臣伏見近者陛下特下詔書以州郡差役之煩使民無敢力田積穀求致厚產至有遺親背義自求安全者令中外臣庶條陳利害委官詳定以聞此誠堯舜

之用心生民之盛福也臣竊見頃歲國家以民間苦里正之役廢罷里正置鄉戶衙前又以諸鄉貧富不同東鄉上戶家業千貫亦為里正西鄉上戶家業百貫亦為里正應副重難勞逸不均乃立定衙前人數每遇有闕於一縣諸鄉中選物力最高者一戶補充行之到今逾十年民間貧困愈甚於舊議者以為一州一縣利害各殊今一槩立法未能盡善又里正止管催稅人所須為衙前所管官物乃有破壞家產者然則民之所苦在於衙前不在里正令廢里正而存衙前是廢其所樂而存其所苦也又鄉者每鄉止有里正一人借使有上等十戶一戶應得則九戶休息可以晏然無事專意營生其所以勞逸不均蓋猶衙

前一槩差遣不以家業所直為準若使直千貫者應副十分重難則自然均平今乃將一縣諸鄉混同為一選物力最高者差充衙前如此則有物力人戶常充重役自非家計淪落則永無休息之期矣有司但知選差富戶為抑富扶弱寬假貧民殊不知富者既盡賦役不歸於貧者將安適矣借使今日家產直十万者充衙前數年之後十万者盡則九万者必當之矣九万者盡則八万者必當之矣自非磨滅消耗至於困窮而為盜賊無所止矣故置鄉戶衙前以來民益困乏不敢營生富者返不如貧貧者不敢求富日削月朘有减無增以此為富民之術不亦踈乎臣嘗行於村落見農民生具之微而問其故皆言不敢為也

今欲多種一桑多置一牛蓄二年之糧藏十疋之帛鄰里已目為富室指抉以為衙前矣況敢益田疇葺廬舍乎臣聞其言愬焉傷心安有聖帝在上四方無事而立法使民不敢為久生之計乎凡為國者患在見目前之利不思永永之患故初置鄉戶衙前之時人未見其患及今然後知之若因循不改日益久則患益深矣臣愚欲望陛下聖慈特降指揮下諸路州縣相度上件里正衙前與鄉戶衙前各具利害奏聞隨其所便別立條法務令百姓敢營生計則家給人足庶幾可望矣

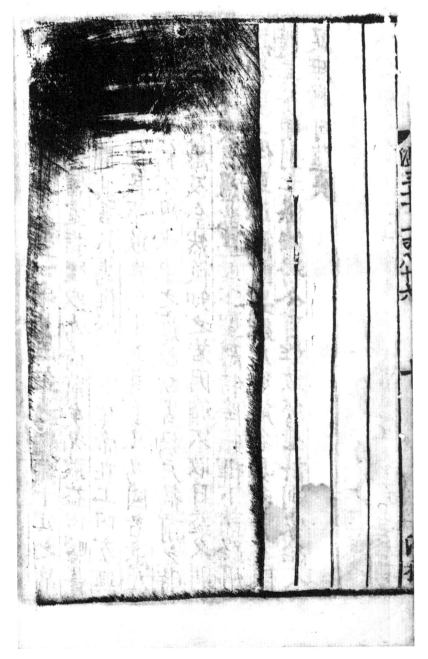

增廣司馬温公全集卷三十八

奏議

乞發義倉濟民

臣竊惟鄉村人户播殖百穀種蓺桑麻乃天下衣食之原此於餘民大宜撫恤凡人情戀土各願安居苟

非無以自存豈願流移它境國家若於未流移之時早行賑濟使粮食相接不至失業則比屋安堵官中所費少而民間實受賜若於流移之後方散米煮粥以有限之儲蓄待無窮之流民徒更聚而餓死官中所費多而民實無所濟伏覩近降朝旨令戶部指揮府界諸路刑獄司體量州縣人戶委是闕食據令見在義倉及常平穀米速行賑濟仍下此指揮州縣多方存恤無致流移失所此誠得安民之要道然所以能使民不流移全在本縣令佐得人欲乞更令提點刑獄司指揮逐縣令佐專切體量鄉村人戶有闕食者一面申知上司及本州更不候回報即將本縣義倉及常平倉米穀直行賑貸據鄉村五等人戶逐

户計口出給曆頭大人日給二升小兒日給一升令各從民便或五十日或半月一次賫曆頭詣縣請領縣司亦置簿照會若本縣米穀數少則先從下户出給曆頭有餘則并及上户其不願請領者亦聽候將來夏秋成熟糧食相接日即據簿曆上所貸過粮令隨稅送納一㪷只納一㪷更無刹息其令佐若别有良法簡易便民勝於此法者亦聽從便法在民不乏食不至流移而已仍令提點刑獄司常切體量逐縣令佐有能用心存恤闕食人户雖係災傷並不流移者保明聞奏優與酬奬其全不用心賑貸致户口流移多者取勘聞奏乞行傳替庶使官吏有所勸沮百姓實霑聖澤取進止

乞免抑配青苗錢

檢會先朝初散青苗本爲利民故當時指揮並取人
戶情願不得抑配自後因提舉官速要見功務求多
散諷脅州縣廢格詔書名爲情願其實抑配或舉縣
勾集或排門抄劄亦有無賴子弟謾昧尊長錢不入
家亦有它人冒名詐僞請去莫知爲誰及至追催皆
歸本戶朝廷深知其弊故悉罷提舉官不復立額考
較天下莫不欣戴昨於四月二十六日有勑命令給
常平錢穀限二月或正月只爲人戶欲借請者及時
得用又令半留倉庫半出給者只爲所給不得輒過
此數至於取人戶情願不得抑配一遵先朝本意慮
恐州縣不曉勑意將謂朝廷復欲多散青苗錢廣收

利息勾集抑配督責嚴急一如鄉日置提舉官時令欲續降指揮下諸路提點刑獄司告示州縣並須候人戶自執狀結保赴縣乞請常平錢之時方得勘會依條支給不得依前勾集抑勒強行抑配仍仰提點刑獄司常切覺察如有官吏似此違法搔擾者即時取勘施行若提點刑獄不切覺察委轉運司安撫司覺察聞奏

乞罷散青苗錢

昨於四月二十六日降指揮令於正月二月支散常平倉錢穀切慮州縣多不曉朝廷之意將謂却欲廣散青苗錢多收利息嚴行督責一如未罷提舉官時勘會青苗錢利民甚少害民極多臣民上言前後非

一今欲遍行指揮下諸路提點刑獄司自今後其常平倉錢穀只令州縣依舊法趁時糴糶其青苗錢更不支俵所有舊欠二分之息盡皆除放只令提點刑獄司契勘逐州縣元支本錢隨見欠多少分作料次令隨稅送納

乞罷提舉官

臣聞書稱明王立政不惟其官惟其人臣少時見天聖中諸路止各有轉運使一員亦無提點刑獄惟河北陜西以地重事多置轉運使兩員然朝廷必擇名士累任知州有聲迹曉錢穀者乃得為之未嘗輕以授人凡一路之事無所不總使按察官吏薦賢發姦愛養百姓興利除害或朝廷有本路事務未能細知

利害者則委之相度措置當是之時官少民安事無不舉公私饒樂海内晏清景祐初始復更置提點刑獄其後或時置轉運判官以其冗長害事尋復廢罷自王安石執政以来欲力成新法諸路始置提舉常平廣惠農田水利官其後每事各置提舉官皆得按察官吏事權一如監司又增轉運副使判官等員數皆選年少資淺輕俊之士為之或通判知縣監當資序及選人以權發遣處之有未嘗歷親民即為監司者能順已意則不次選擢小有乖違則送審官院與合入差遣更加責降彼年少則歷事未多資淺則衆所不服輕俊則舉措率易歷事未多故措置百事往往乖方衆所不服故依勢立威以行號令舉措率易

故慮事不熟壞法害民又利禄誘於前罪戾脅於後由是往往上不顧国家事體下不恤百姓怨嗟苟務希合以圖進取致今日天下籍籍如此皆由此来也
陛下幸念民爲邦本本固邦寧元元困窮於国家非便欲救而安之詔青苗錢不得抑配免役錢寬剩不得過二分竊聞諸路提舉官州縣猶有於春首抑配青苗錢勸百姓供情願狀別作名目占免役寬剩錢但作取文具而已如此則朝廷號令廢格不行於臣下恩澤壅塞不被黎民徒存空文何以爲政臣聞去草者絶其本救水者回其原提舉官者乃病民之本原也　陛下必欲蘇息疲瘵乞盡罷諸路提舉官其轉運使除河北陝西河東外餘路只置使一員判官

一員提舉刑獄分兩路者合爲一路共差文臣兩員凡本路財穀財用悉委轉運司刑獄常平兵馬盜賊事悉委提點刑獄管句仍選知州已上資序累歷親民差遣所至有政迹聰明公正之人方得爲監司聰明則知官吏賢不肖公正則黜陟無私部下官吏皆得人事務安有不幹集百姓安有不富庶此乃國家鎮撫四方之本也若以提舉官累年積蓄錢穀財物不少恐轉運司一旦得之妄有耗散即乞盡撥作常平倉錢物委提點刑獄一面交割主管依舊常平倉法謹伺穀價賤糴貴糶及准備災傷振貸其餘不得支用若轉運委的窘乏須至兑那常平錢物者必須具數先奏朝廷得旨乃得移牒支撥若以監司數多

路分闊遠處巡歷及管句不辦即乞只依舊法每歲遍巡諸州更不遍巡諸縣自非要切大事朝廷不令監司親往句當只令選差本部官除司理司法縣尉獨員監當之類舊條不許差出外其舊條不得隔州差選人句當及被差之人皆有罪新條諸州管句官及主簿當級散月分不得差出之類指揮乞更不施行所貴監司有官可差幹得事務若遇有盜賊乞朝廷只委提點刑獄差官或行移文字監督捕盜官捉殺不須令親入山監逐如此則監司巡歷管句職事簡要易爲辦集取進止

乞趂時收糴常平斛㪷

勘會常平倉法以豐年穀賤傷農故官中比在市添

價收糴使蓄積之家無由抑塞農夫須令賤糶凶歲
穀貴傷民故官中比在市減價出糶使蓄積之家無
由邀勒貧民須令貴糴物價常平公私兩利此乃三
代之良法也鄉者有因州縣闕常平糴本錢雖遇豐
歲無錢收糴又有官吏怠慢厭糴糶之煩雖遇豐歲
不肯收糴又有官吏不能察知在市斛㪷實價只信
憑行人與蓄積之家通同作弊當收成之初農夫要
錢急糶之時故意小估價例令官中收糴不得盡入
蓄積之家直至過時蓄積之家倉廩盈滿方始頓添
價例中糴入官是以農夫糶穀止得賤價官中糴穀
常用貴價厚利皆歸蓄積之家又有官吏雖欲趁時
收糴而縣申州州申提點刑獄提點刑獄申司農寺

取候指揮比至回報動涉累月已是失時穀價倍貴
是致州縣常平倉斛㪷有經隔多年在市價例終不
及元糴之價出糶不行堆積腐爛者此乃法因人壞
非法之不善也熙寧之初執政以舊常平為不善更
將糴本作青苗錢散與人戶令出息二分置提舉官
以督之豐歲則農夫糶穀十不得四五之價凶年則
屠牛賣肉伐桑賣薪以輸錢於官錢貨愈重穀直愈
輕朝廷深知其弊故罷提舉官令將累年蓄積錢物
財穀盡椿作常平倉錢物委提舉刑獄交割主管依
舊常平倉法施行今歲諸路除有水災州軍外其餘
豐熟處多今欲特降指揮下諸路提刑司乘此糴本
之時委豐熟州縣官員躬察在市斛㪷實價多添錢

數廣行收糴如闕少倉敖之處以常平倉錢添蓋仍
令少糴麦豆多糴穀米其南方及川界卑濕之地有
斛㪷難以久貯者即委提點刑獄相度逐州縣合銷
數目拋降收糴纔候將來在市物貨價比元糴價稍
增即行出糶不得令積壓損壞仍令州縣各勒行人
將十年以來在市斛㪷價例比較立定貴賤酌中價
例然後將逐色價分爲三等自幾錢至幾錢爲中等
價幾錢以上爲上等價幾錢以下爲下等價令逐處
臨時斟酌加減務在合宜既約定三等價仰自今後
州縣每遇豐歲斛㪷價賤至下等之時即比市價相
度添錢開場收糴
凶年斛㪷價貴至上等之時即比市價相度減錢開

場出糶若在市見價只在中等之内即不糴糶更不申取本州及上司指揮免有稽滯失時之患仍委提點刑獄常提舉覺察若州縣斛㪷價及下等而不收糴價及上等而不出糶及收貯不如法變轉不以時致有損壞并監官不日逐入場致壅滯粜籴人户並取勘施行若州縣長吏及監官能用心及時籴粜至得替時酌中價錢與斛㪷通行比折與初到任時增剩及十分中一分以上計批書上曆候到吏部日與陞半年名次及二分以上許指射家便差遣一次所貴官吏各各用心州縣皆有儲蓄雖遇荐飢民無菜色又得官中所積之錢稍稍散在民間可使物貨流通其河北州縣有籴便司斛㪷見多緣邊州縣轉運

司見入粜軍粮處更不入粜常平倉斛𣁽若今來指揮內有未盡未便事件委提點刑獄司逐旋擘畫申奏施行

申明役法

臣曾上言乞直降勑命應天下免役錢一切並罷其諸色役人並依熙寧元年以前舊法人數委令佐揭簿定差蒙朝廷一一如臣所請臣竊聞降勑之初百姓莫不喜悅一兩月間州縣定差已了別無詞訟人情安帖既而續有雇募不足方行定差指揮人始疑惑既而又有更張號令不一又轉運使各以己見欲合本路為共一法不令州縣各從其宜是致州縣惶惑不知所從或已差役却放或已放雇人却收或依

舊用役錢雇人或不用役錢招人充役朝夕不定上下紛紜徃徃與二月六日勑意相違竊緣臣元初起請及朝廷所降勑節文明言委州縣看詳依今來指揮若不妨礙致施行未得仰具利害擘畫申州州申轉運司轉運司奏聞委執政官再加看詳隨宜修改別作一路一州一縣勑施行務要曲盡其宜豈是當日所言一字不可移易但患轉運司州縣不肯奏陳耳臣今欲申明元勑起請内聲說不明不盡事件謹具畫一如後

一臣起請内雖去依熙寧元年舊法人數定差若舊法人數有於今日不可行者即是妨礙合申乞改人數或太多或太少惟本州縣知得的確合消數目合

酌中立額申乞依數定差朝廷難為遥度

一㫖起請雖云若所差人不願充役任便選雇有行止人自代其雇錢多少私下商量若所雇之人邀勒被差之人廣求雇直官私亦當裁定不得過自來官中雇錢之數其州縣官員指占所雇之人令被差之人雇覓

一㫖起請雖云見管役人候差到役人合放令逐便者若所雇之人自有田産情願充役者亦自可依舊存留

又曹司一役新差之人多不諳熟書筭行遣及案下文字未曾交割合留所雇之人給與雇錢令與新差之人同共行遣限半年内交割了畢才放逐便

一臣起請去今日衙前陪備少於鄉時日不至破家若猶以爲户力難任即乞於官户僧道單丁女户有屋業每月掠錢及十五貫莊田所收斛斗每年及百石以上者並等第出役錢不及此數者與免臣意以爲十口之家歲收百石足供口食月掠房錢十五貫足供日用二者相須此外有餘者始令出助役錢非謂止收百石即令助役也若猶嫌太少及所掠課利難知實數即乞應係第三等以上令出助役錢第四等以上放免若本州坊場河渡等錢自可支酬衙前重難分數得足則官户等更不消出助役錢

一從來諸州召募人投充長名衙前若招募不足方始差鄉户衙前此自是舊法今來别無改更惟是舊

日將坊場河渡折酬長名衙前重難分數令自出賣今來官中出賣坊場河渡收錢依分數折酬長名衙前重難只此與舊法有異若鄉户差補已足續有投名者即先從貧下放鄉户歸農鄉户願投充長名亦聽

一臣起請委逐縣看詳具利害擘畫申州本州類聚擇其可取者申轉運司轉運類聚諸州所由擇其可取者擘畫奏聞朝廷伏緣知逐處民間利害子細轉運司不如州州不如縣竊慮逐州逐縣有擘畫事理切當而本州及轉運司抑遏刪去不以上聞致勑下之日依舊妨礙施行未得欲乞更降指揮下州縣如有似此擘畫切當被在上刪去者許逐縣直申轉運

司本州直申奏所貴下情無壅曲盡事宜仍乞降指揮下詳定役法所只得以諸路州縣申到利害詳其可否立爲定法其不當職之人爲高奇之論不切事情者不得施行亦不可將一路一州一縣利害作海行條貫

一詳定役法所奏請行下指揮若有妨礙難行之事亦乞如起請委逐路州縣看詳具利害擘畫申上隨宜修改

右臣所言若有可取乞下諸州縣除此外並依二月六日所降勑命施行取進止

增廣司馬温公全集卷三十九

奏議

乞去新法之病民傷國者

請更張新法

革弊

乞去新法之病民傷國者

臣竊見先帝聰明睿智，勵精求治，思用賢輔以致太平，委而任之，言行計從，人莫能間，雖周成王之任周公，齊桓公之任管仲，燕昭王之任樂毅，蜀先主之任諸葛亮，殆不能及，斯不世出之英主，曠千載而難逢者也。不幸所委之人，人情物理多不通曉，不足以仰

副聖志又足己自是謂古今之人皆莫己如不擇祖宗
之令典合天下之嘉謀以啓迪清衷佐佑鴻業而多
以己意輕改舊章謂之新法其人意所欲爲人主不
能奪天下莫能移與之同者援引登青雲與之異者
擯斥沈溝壑專欲遂其很心不顧國家大體人之常
情誰不愛富貴而畏刑禍於是縉紳大夫望風承流
競獻策畫務爲奇巧捨是遂非興害除利名爲愛民其
實病民名爲益國其實傷國作青苗免役市易賒貸
等法以聚斂相尚以苛刻相驅生此厲階迄今爲梗又
有邊鄙之臣行險徼幸大言面欺輕動干戈妄擾蠻
夷夫兵者國之大事廢興存亡於是乎在而其人苟
榮一身之官賞不顧百姓之死亡國家之利病輕慮

淺謀發於造次，御軍無法，僅同兒戲。深入敵境，坐守孤城，糧運既竭，狼狽奔潰。蕃寨極邊，功猶未畢，輕敵不備，闔城塗地，使兵夫數十萬暴骸於曠野，資仗以億弃捐於異域。又有生事之臣，欲乘時干進，建議置保甲、戶馬以資武備，變茶、鹽、鐵冶等法，增家業、侵街、商稅等錢以供軍須，遂使九土之民失業窮困，如在湯火。此皆群臣躁於進取，誤惑先帝，使利歸於身，怨歸於上，非堯舜之本志也。臣荷先帝大恩，常思報效，竊在朝廷，屢言新法非便，觸忤權貴，冒犯衆怒，爭辨非一。先帝憐其孤忠，不以爲罪，仍蒙寵擢，寘之樞廷。臣以所言未行，力辭不受。臣非惡富貴而好貧賤，正欲感寤先帝，知臣爲國不爲身，庶幾采納狂言，使百姓獲安基扃永固而已既又自乞宂官退伏閭里雖身屬于外區區之心晨夕寤寐何曾不在先帝之左右所以不敢自赴闕廷如此之久者亦猶辞樞廷之志也熙寧七年歷時不雨先帝遇災而懼深自刻責誕布詔書廣開言路臣當是時不勝踴躍極有開陳而建議之臣知所立之法不合衆心天下之人必盡指其非恐先帝覺寤而已受誤國之罪伏欺罔之刑乃勸先帝繼下詔書言新法已行必不可動臣之所言正為新法若新法不動臣尚何言自是閉口不敢復預朝廷論議十有一年矣然每覩生民之愁怨憂社稷之阽危於中夜之間一念及此未嘗不失聲掩心也葵藿之志猶望先帝一賜召對訪以外事吐心

極言退就斧鉞死無所恨不意上天降禍先帝外遐
臣之寸誠無由披露欝抑憤懣自謂終天及奔喪至
京乃蒙太皇太后陛下特降中使訪以得失是臣積年
之志一朝獲伸感激悲涕不知所從顧天下事務至
多臣思慮未熟不敢輕有條對但乞下詔使吏民得
實封上言庶幾民間病苦無不聞達既而聞有旨罷
修城役夫撤儐邏之卒止御前造作京城之民已自
歡躍及臣歸西京之後繼聞斥退近習之無狀者戒
飭有司奉法失當過爲煩擾者罷敍物貨場及民所養
戶馬又寬保甲年限四方之人無不鼓舞聖德傳布
一日千里頌歎之聲如出一口溢于四表乃知太皇
太后陛下深居禁闥皇帝陛下雖富于春秋天下之

事靡不周知民間衆情乂在聖度四海群生可謂幸
甚凡臣所欲言者陛下略已行之臣稽慢之罪實負
万死夫爲政在順民心苟民之所欲者與之所悪者
去之如決水於高原之上以注川谷無不行者苟或
不然如逆阪走丸雖竭力以進之其復走而下可必
也今新法之弊天下之人無貴賤愚智皆知是以陛
下微有所改而遠近皆相賀也然尚有病民傷國有
害無益者如保甲免役錢將官三事皆當今之急務
釐革所宜先者臣今別具狀奏聞伏望决自聖志早
賜施行議者必曰孔子稱孟莊之孝其它可能也其
不改父之臣與父之政是難能也又曰三年無
改於父之道可謂孝矣彼謂無害於民無損於國者

不必以己意遽改之矣必若病民傷國豈可以坐視而不改哉易曰幹父之蠱有子考無咎象曰幹父之蠱意承考也蠱者事有蠹弊而治之也幹父之蠱迹似相違意則在於承繼其業成父之美也又曰裕父之蠱往見吝象曰裕父之蠱往未得也裕者饒益之名也若不忍違異益父之過往而不返未爲得宜也昔文帝除肉刑斬右趾者弃市笞五百者多死景帝元年即改之笞者始得全武帝作鹽鐵榷酤均輸等法天下困弊盜賊群起昭帝用賢良文學之議而罷之後世稱名唐代宗縱宦官公求賂遺客省拘滯四方之人德宗立未三月悉禁止罷遣之時人望致太平德宗晚年有宫市四方小兒暴横爲民患鹽鐵月

進羨餘順帝即位皆罷之中外大悦皆是改父之政
而當者誰非之哉况先帝之志本欲求治而群下干
進者競以私議紛更祖宗舊法致天下籍籍如此皆
群臣之罪非先帝之過也爲今日之計莫若擇新法
之便民益國者存之病民傷國者悉去之使天下曉
然知朝廷子愛黎庶之心夷之苛刻者必變而爲忠
厚民之離怨者必变而爲親親譽德業光榮福祚無窮
豈不盛哉夫天子之孝在於得萬國之歡心以事其
親廢置如此歡心孰大焉事親孰備焉不然今幅員
之内所在嗷嗷有倒垂之急延頸傾耳以俟改法庶
得蘇息若朝廷不以爲意日復一日万一遇千里之
蝗旱公私匱竭無以相救失業之民蜂起爲盗安知

無紓維乗之而動則國家有累卵之危申屠剛曰夫至頑言固常爲虚及其巳至又無所及朝廷當此之際解兆民倒垂之急救國家累卵之危豈暇必俟三年而後改之哉況今軍國之事太皇太后陛下權同行處分是乃母改子之政非子改父之道也何憚而不爲哉惟聖明裁察臣昧死再拜上

請更張新法

臣聞詩云毋念爾祖聿修厥德故夏遵禹訓商奉湯典周守文武之法漢循高祖之律唐行太宗之制子孫享有天禄咸數百年國家受天明命太祖太宗撥乱返正混一區夏規摹宏遠子孫承之百有餘年四海治安風塵無驚自生民以来罕有其比其法可謂

善矣先帝以睿智之性切於求治而王安石不達政
體專用私見變乱舊章誤先帝任使遂致民多失業
閭里怨嗟陛下深知其弊即政之初變其一二歡呼
之聲已洋溢於四表則人情所苦所願灼然可知陛
下何憚而不并其餘悉更張哉譬如有人誤飲毒藥
致成大病苟知其毒斯勿飲而已矣豈可云姑少少
減之俟積以歲月然後盡捨之哉且鄉曽上言教閱
保甲公私勞費而無所用之斂免役錢寬富而困貧
以養浮浪之人使農民失業窮愁無告將官專制軍
政州縣無權以備倉猝万一飢饉盜賊群起國家可
憂此皆所害者大所及者衆悉宜變更借令皇帝陛
下獨覽權綱猶當早發號令以解生民之急救國家

之危收万國之歡心復祖宗之令典况太皇太后陛下同斷國事捨非而取是去害而就利於躰甚順何爲而不可哉

革弊

臣伏見陛下自臨政以来夙夜孜孜以憂百姓安國家爲事蓋善治疾者必究其所来攻其所急救之欲速去之款盡臣觀今日公私耗竭遠近疲弊其原大槩出於用兵夫兵者凶器天下之毒財用之蠹聖人除暴定乱不得已而用之耳自有唐中葉藩鎮跋扈降及五代群雄角逐四海九州瓜分糜潰互相吞噬生民塗炭二百餘年太祖受天明命四征弗庭光啓景祚太宗繼統克成厥勳然後大禹之迹悉爲宋有

於是載戢干戈與民休息或自生至死年及期頤不見兵革吏守法度民安生業雞鳴狗吠煙火相望可謂太平之極致自古所罕見矣及神宗繼統材雄氣英以幽薊雲朔淪於契丹靈夏河西專於拓跋交趾日南制於李氏不得悉張置官吏收藉賦役比於漢唐之境猶有未完深用爲恥遂慨然有征伐開拓之志於是邊鄙武夫窺伺小利敢肆大言私知邀功不顧國患爭賈餘勇自謂衛霍不死白面書生披文按圖玩習陳迹不知合變競獻奇策自謂良平更生聚斂之臣掊拾財利剖析秋毫以供軍費專務市恩不恤殘民各陳遺利自謂研桑復出相與誤惑先帝自求榮位於是置提舉官彊配青苗多收免役以聚貨

泉又驅畎畝之人爲保甲使捨耒耜習弓刀又置都作院調筋皮角木以多造器甲又奏保馬使賣耕牛市驅駿而農民始愁苦矣部分州軍無問邊州内地各置將官以領之自知州軍總管鈐轄都監押皆不得閑預捨祖宗教閱舊制誦射法効胡服機械陣圖競爲新奇朝餔上場罕得休息而士卒始怨嗟矣置市易司強市榷取坐列販賣增商稅色件及菜果而商賈始貧困矣又立賒貸之法誘不肖子弟破其家又令民封狀增價以買坊場致其子孫鄰保籍沒貲產不能備償又增鹽茶之額賤買貴賣配民食用不盡追人威刑破產輸錢又設措置河北糴便司廣積粮穀於臨流州縣以備饋運教兵既久

積財既多然後用之而承平日久人已忘戰將帥愚懦行伍驕惰加以運籌決勝者乃浮躁巧僞之士一不知彼己妄動輒舉是以頓兵靈武力疲食盡自潰而歸執兵之士荷糧之夫暴骨寒野且數十万築堡永樂怠忽無備縱寇延敵圍城之人煎爲魚肉曾未足以威服戎狄而中國先自困矣先帝深憫其言厭截截論言思番眷良士及下哀痛之詔息兵富民奄棄天下此臣所謂痛心疾首泣血追傷者也伏惟皇帝陛下肇承基緒太皇太后同聽庶政首戒邊吏毋得妄出侵掠俾華夷兩安今契丹繼好秉常納貢乾德拜章征伐開拓之議皆已息矣則此置提舉官散青苗斂免役錢點教保甲置都作院養保馬置將官市

易司封狀買撲坊場增茶塩額措置河北糴便司皆爲
虛設陛下親詔臣民各言疾苦其已至者千有餘章
未有不言此數事者足知其爲天下公患衆人所共
知非臣一人之私言也利害著明皎如日月臣言疾
苦而群臣猶習常安故憚於更張雖頗加裁損而監
司按察將官具在保甲猶教閱保馬猶養飼邊州屯
戍不減軍器造作不休茶塩新額尚在免役舊法未
復是用兵雖息而公私勞費猶未息也如此因循不
知改徹數年之後万一遇水旱大飢盜賊群起其爲
國家憂患豈敢盡言哉伏願陛下斷自聖志凡王安
石等所立新法果能勝於舊者則存之其餘臣民以
爲不如舊法之便者痛加釐革雖非一日可行之事

欲乞陛下宣諭執政令因臣民上封事欵議利害進
呈以聖覽裁決而行之昔夏遵禹訓商用湯法周循
文武之典蓋創業垂統之王貽厥孫謀後世所宜謹
守不可失也若凡百措置率由舊章但使政事悉如
熙寧之初則民物熙熙海内太平更無餘事矣議者
必曰革弊不可倉猝當徐徐有漸此何異使醫治疾
而曰勿使遽愈且勿除其根原使盡也其爲醫者謀
則善矣其爲疾者謀奚利哉取進止

增廣司馬溫公全集卷四十

奏議

諫西征

月日具位臣某謹昧死再拜上䟽　皇帝陛下臣以

不材誤承朝廷委用待罪長安兼領一路十州兵民大柄朝辞之日蒙　陛下面諭以凡邊防事機及朝廷得失有所聞見令一一奏聞自受命以来且愧且懼所愧者聖知深重責任至重所懼者智識淺短無以堪稱夙夜疚心不敢寧居且自入境以来見流移之民道路相望詢訪閭里皆云今夏大旱禾苗枯瘁河渭以北絶無所收獨南山之下稍有所存而入秋霖雨經月不霽禾雖有穗往往無實雖有實往往無米雖有米率皆細黑一斗之粟舂簸之後不過米三四升穀價踴貴民間累年困於科調素無積蓄不能相贍以此頃至分房減口就食西京襄鄧商虢等州或傭賃客作或燒炭采薪或乞匄剽竊以度朝夕當

此之際國家惟宜鎮之以靜省息諸事減節用度則租稅自輕徭役自少逋負自寬科率自止四患既除民力自足民財自饒閭里自安流亡自還國不待陛下憂勤於中宰相劬勞於外然後人人得其所也苟不然國家雖欲輕租稅寬逋負其所費之財何由可得雖欲少徭役止科率其所營之事何由可成四患不除雖日下恩澤之詔民猶不免於流移轉死也蓋欲止沸者莫若絕薪欲安民者莫若省事此目前之驗非難知也自到官以來伏見朝廷及宣撫等指揮分義勇作四番欲令以次於緣邊戍守選諸軍驍勇及募閭里少惡以爲奇兵造乾糧𩞄飯布囊力車以備餽運悉取歲賜秉常之物散給緣邊諸路又竭

内地府庫甲兵財物以助之臣以永興一路言之所
發人馬甲八千副錢九万貫銀二万三千兩銀盤六
千枚其餘細鎖之物不可勝數動皆迫以軍期上下
相驅急於星火官吏狼狽下民驚疑皆云國家今春
大舉六師長驅深入以討秉常之罪臣以踈賤不得
預聞廟堂之議未知茲事爲虛爲實昨者親承德音
以爲方今邊計唯宜謹嚴守備俟其入寇則堅壁清
野使之來無所得兵疲食盡可以坐收其弊臣退而
思念聖謀高遠深得王者禦戎狄之道實天下福及
到關中乃見凡百處置皆爲出征調度臣不知有司
在外不諭 聖意以致有此張皇將 陛下默運神
筭不令愚賤之臣得聞其實也臣不勝遑惑晝則志

食夜則廢寢心寒股栗竊為　陛下危之夫兵者凶
器聖人不得已而用之自古以來國家富彊將良卒
精因人主好戰不已以致危亂者多矣況今公私竭
困將愚卒懦乃欲驅之塞外以捕狡悍之虜其無功
必矣豈惟無功兼後患甚多不可盡言也若　朝廷
初無出征之意則何為坐散府庫之財疲生民之力
訖無分毫之事万一將來虜騎入寇府庫已竭民力
已困將何以禦之臣先任御史中丞日　朝廷將與
綏州之役臣曾上言國家先當舉百職修庶政安百
姓實倉庫選將帥立軍法練士卒精器械八事皆備
然後可以征伐四夷今此八事未有一者勝於曩時
而況關中飢饉十室九空為盗賊者紛紛已多縣官

倉庫之積所餘無幾乃欲輕動大衆橫挑猛敵此目之所大懼也或者又云國家未討秉常先欲試兵誅一小族若果如此尤爲不可何則令者竭關中之財力大興師衆乃捨有罪之強寇誅無辜之小種勝之不武不勝爲笑將無以復號令戎狄矣此二策者皆爲不可伏望　陛下深覽安危之機消之於未萌救之於未形速下明詔撫諭關中之民以朝廷不出征之計其義勇更不分番於緣邊戍守亦不選募兵凡諸調發爲餽運之具者悉令停罷愛惜内地倉庫之儲以備春深賙救飢窮之人如此豈惟生民之幸亦社稷之福也不勝憂遑直輸赤誠惟　陛下裁察自

某昧死再拜上疏

論西夏劄子

臣伏見　神宗皇帝以西國主趙秉常爲臣下所囚興兵致討奮揚天威震蕩沙漠虜攜其種落竄伏河外諸將收其邊地建米脂義合浮圖葭蘆吴堡安疆等寨此蓋止以藉口用爲己功皆爲其身謀非爲國計臣竊聞此數寨者皆孤僻單外難於應援田非肥良不可以耕墾地非險要不足以守禦中國得之徒分兵馬坐費芻粮有久戍遠輸之累无拓土闢境之實此衆人所共知也王師既攻靈州不克狼狽而歸卒疲食盡失亡頗多西人知中國兵力所至自此始有輕慢之心是以明年邊臣築永樂城虜潛師掩襲覆軍殺將塗炭一城久之又舉一国之衆攻圍蘭

州期於必取將士堅守僅而得全虜自是銳氣小挫
不敢輕犯邊矣自聞此數寨之地中國得之雖無利
虜中失之爲害頗多何則深入其境近其腹心常慮
中國一朝討襲先以支梧不敢安居是以必不欲得
之不肯弃捨二年前虜酋專遣使者詣闕深自辨訴
請自服如故其志無它止爲欲求其舊境而已　朝
廷既許其自服虜來請舊境朝廷乃降指揮其前則
云所以興舉甲兵本欲執取罪人救拔幽辱非有意
侵犯取疆埸土地而已其後乃云止將所得些小邊
土聊示削罰豈可更有陳乞還復之理此則　朝旨
首尾已自相違又興師本爲振拔東常拒命者國人
之罪豈可更削東常之地於理差似未安王者以大

信御四海羌戎雖微未易以文辞欺也於是虜旣失
望憤怒怨懟移文保安軍辞理不遜云今来賀正旦
人使難議發遣自是正旦生辰乃至 陛下繼明皆
不遣使入賀其不臣大矣然而去歳四遣使者詣闕
弔慰祭奠告其毋喪并進貢物禮雖不備稍示屈服
臣竊料虜意不出於三一者猶冀 朝廷万一赦其
罪戾返其侵疆二者陽為恭順使中國休息陰伺間
隙入為邊患三者久自絶於上國其國中貧乏使者
往来得賜賚之物且因為商販耳昔衛貳於晉取戚
田及衛人旣服郤缺曰日衛不睦故取其地今已睦
矣可以歸之叛而不討何以示威服而不柔何以示
懷非威非懷何以示德遂歸戚田于衛今西人所為

如舊此朝廷既不能拒絶勿受其使又不能招納與之更始彼来則迎送館穀以賓客待之不来則一無所問日復一日徐踰二年臣竊意朝廷謂西人勢已衰弱心實内附故来則不拒去則不追置之度外不以為虞殊不思數年前王師大舉深入將士所過烈於猛火剗其疆埸屢請而不還彼怨毒欲讎報之心窺窬欲乗釁之意日夜不忘若渴者不忘飲盲者不忘視也譬如有虎狼在屋側垂頭熟寢人豈可見而不動狎而侮之循其頭躡其尾邪臣每思之終夕寒心以臣愚慮於今為之止有二策一者返其侵疆二者禁其私市何謂返其侵疆凡天子即位天下一新滌瑕蕩穢小大無遺昔趙佗自稱南越武帝倔強

嶺南漢文帝即位赦其大罪遣單使往諭之佗稽首
請罪累世爲臣李繼遷擾西陲十有餘年闢中國
弊　眞宗皇帝即位赦其大罪割靈夏等數州除其
子趙德明爲定難軍節度使由是邊鄙安寧者四十
年此乃前世及祖宗之成法非無所依據也今秉常
之罪不大於繼遷也米脂等寨不多於靈夏也　陛
下誠能於此踰年改元之際特下詔書數其累年不
來賀正旦生辰及登寶位等不備之禮嘉其弔慰祭
奠告國母喪進遺物之勤曠然推恩盡放赦前罪自
今以後貢獻賜予悉如舊章廢米脂義合浮圖葭蘆
吳堡安疆等寨令延慶二州悉加毀撤除省地外元
係夏國舊日之境並以還之其定西城蘭州議者或

謂本花麻所居趙元昊以女妻之覊縻役屬非其本
上欲且存留以爲後圖猶似有名禦戎狄者不一而
足俟其再請或留或與徐議其宜亦無所傷至於會
州尚在化外而經略司遂稱熙河蘭會慮常疑中國
更有闚境之心不若改爲熙河岷蘭經略司如此則
西人忽被德音出於意外雖禽獸木石亦將感動況
其人類豈得不鼓舞抃蹈世世臣服者乎議者或曰
先帝興師動衆所費億万僅得數寨今復無故弃之
此中國之恥也昔漢元帝弃珠崖詔曰朕日夜惟思
議者之言羞威不行則欲誅之通於時變則憂万民
夫万民之饑餓與遠蠻之不討危孰大焉遂弃之此
乃帝王之大度仁人之用心如天地之覆燾父母之

慈愛盛德之事何耻之有國家方制萬里今此尋丈之地惜而不與萬一西人積怨憤之氣逞凶悖之心悉舉犬羊之衆投間伺隙長驅深入覆軍殺將兵連禍結如鼎日繼遷元昊之叛延天下騷動當此之時雖有米脂等千餘寨能有益乎不惟待其攻圍自取固可深耻借使虜有一言不遜而還之傷威毁重固已多矣故不若今日與之之爲美也此國大事伏望陛下留神熟慮更與執政詳議以　聖意斷而行之不可從時失此機會悔將無及何謂禁其私市西夏居氐羌舊壤地所產者不過羊馬氈毯其國中用之不盡其勢必推其餘與它國貿易其三面皆戎狄鬻之不售惟中國羊馬氈毯之所輸而茶綵百貨之所

自来也故其民如嬰兒而 中國乳哺之矣寶元慶曆之間元昊負恩僭乱屢犯邊境大入則大利小入則小利中國未嘗蹈其境破其軍禽其將屠其城有其社稷也而首尾六年元昊遣使因緣邊吏卑辞納欵頓顙稱臣雖其悪積罪盈欲懷音革面亦其私心未必不貪中國之財思和市之利故也舊制官給客人公據方聽與西人交易傳聞近歳法禁疎闊官吏施慢邊民與西人私交易者日夕公行彼西人公則頻遣使者商販中國私用邊鄙小民竊相交易雖不獲歳賜之物公私无乏所以得偃蹇自肆數年之間似恭似慢示不汲汲於事中國由資用饒足與事中國時無以異也 陛下誠能却其使者責以累年正旦

生辰及登寳位皆不来賀何獨遣此使者拒而勿納
明勑邊吏嚴禁私市俟其年歲之間公私困弊使自
謀而来禮必益恭辭必益遜然後　朝廷責而赦之
許通和市待之如初然邊民西人交易爲日積久習
玩爲常一旦禁之其事甚難何則若其常法治之則
有司泥文動循繩墨追問證左逮補傳送之人停匿
之家奏裁待報動涉半年如此則徒使邊民罹刑者
衆獄犴盈溢而私市終不能禁也夫三尺之限空車
不能登峭故也百仞之山重載陟其上陵夷故也今
必欲嚴禁邊民與西人私市須權時別立重法犯者
必死無赦本地分吏卒應巡邏者不覺透漏官員衝
替兵士降配仍許人告捉獲者賞錢若干當日内以

官錢支給更不以犯事人家財充如此緣邊六路各行得一兩人則庶幾可以聳動人耳目令行禁止人不敢犯矣然人存政舉此事全在邊帥得人昔龐籍爲河東經略使下令禁邊人與西人私市爲熟户犯禁籍斬於犯處妻孥皆送淮南編管一境凛然無敢犯者其後施昌言爲環慶經略使亦禁私市西人發兵壓境昌言遣使問其所以來之故西人言無它事只爲交易不通使者懼其兵威輒私許之法遂復壞若邊帥未能盡得其人則此法恐未易可行不若前策通大體正万全無失也取進止

乞赦西人

臣於今月三日上言以西人未服中國不得無邊而

邊備不敢少弛不自戢其狂妄獻二策上策欲因天子繼統曠然赦之歸其侵地與之更始下策欲嚴禁私市俟其屈服然後赦之然禁私市甚難立法極嚴又邊帥得人然後能行不若前策之道大躰正万全無失也今竊聞執政用臣下策上令禁私市又立法不嚴邊帥未盡得人若邊吏拘文獲一漏百私市滔滔如故或此路禁絶而彼路放行如隄防一存一亡將何所益如此適足以激怒西人使益發悖心安肯屈服万一徼犯邊境或表牒中形不遜語至時則朝廷轉難處置悔之無及不若用臣上策早相弥縫縱未欲還其侵地且下詔書責而赦之使彼此安心時難得而易失不可忽也况本欲因天子繼統蕩其罪令云

再乞赦西人

臣於今月十二日上言乞以天子繼統曠然更始宜下詔數西人之罪而赦之縱未還其侵地且行此策以安邊境致今聞執政議尚未決臣之愚意以爲封内未安未可圖外攻欲行臣前策以羈縻西人且可數年邊鄙無事　朝廷得休息戎兵安養百姓待國力完備家給人足然後奮揚天威討貳柔服何所不可若行臣前策可以万全行臣後策有得有失豈可棄上策而用下策捨万全而就有失也太平興國中李繼遷及西陲不解甲十餘年關中困竭寶元慶曆之間趙元昊叛變入爲寇覆軍殺將自是中國虛耗不復富實今國家理財未得其道民力窮困於下府庫

寢多於上又新遣大喪山陵纔畢自去年十月初以來不雨雪旱勢甚大若万一激怒西人微出一不遜語則并臣前策亦不可行矣今因天子即位未久西人外迹未有不順故臣願朝廷旦夕汲汲行之機會難得時不可失此臣所以惓惓進言不已者也若万一激怒西人致生邊患兵連禍結士卒殄盡鋒鏑生民困竭於轉餉餓殍蔽地盜賊蜂起爲國家慮豈不危哉而執政方以謂西人微弱不敢復動數遣使來誠心內附置之度外不以爲虞今復固執先禁私市之議又立法不嚴邊帥不才者不先易去行之太早不能中節一旦禍生所忽邊鄙震驚乃始歸罪戎狄豈不害國事乎臣於今月三日所上言措置邊鄙

西邊事雖盡二策固以還其侵地責而赦之爲上策嚴禁私市待其數年貧困來服然後赦之爲下策所謂絕私市非立法至嚴帥臣智勇此法恐未易可行不若前策道大躰正万全無失非前後反覆静言庸違也 朝廷比来擢臣於冗散之中使預聞國論盖亦誤謂臣微有益於國家非徒采其虚名也臣之不敢中辞亦欲竭盡疲駑少酬大恩非爲貪於禄位也今盡忠謀國而爲衆所挫臣尚留此有何所用此國大事伏望 陛下早審察二議從其長者若聖意以臣言爲然乞御批依臣前策若降付三司樞密院執政仍有固守己見爭之最力者如臣前奏令自入文字言先禁私市保得它日必不致引惹邊事如其不

然身執其咎取進止

乞撫納西人

臣先於二月中上言乞因新天子繼統下詔悉赦西人之罪與之更始雖未還其侵疆且給歲賜待之如故此道大體正萬全無失既而執政所見各有異同沮難遷延屏弃不行臣竊聞今來西人已有關報遣使副詣闕賀登寶位國家若於此際又不下詔開而納之万一西人蓄怨積憤肆其悖心或有一騎犯邊或於表牒中有一語不遜當是之時雖欲招納乃是畏其陸梁傷威毀重何恥如之臣之前策亦不可行矣伏望　陛下令三省樞密院將臣三月三日十二日十六日并今來所上文字一處進呈臣愚欲爲國

家消患於未萌誠惜此機會夙夜遑遑廢寢忘食
陛下若俟詢謀僉同然後施行則執政人人各有所
見臣言必又弃弃凡邊境安則中國安此乃國家安
危之機伏望 陛下察臣所言甚易而無後害可使
華夷兩安爲國利甚大斷自聖志勿復有疑取進止

撫納西人詔意

朕聞王者奄有四極至仁無私靡間華夷視之如一
夏國主秉常世守西土藩衛中邦自其祖彝興以來
沐浴皇化職貢時至率多忠勤 仁宗皇帝加之寵
名祚以大國賜予之數歲則有常嚮因邊臣奏陳云
彼君臣失職及移文詰問曾無報應 神宗皇帝乃
出師命將拯彼阽危在於夏國主秉常實有大造而

所部之人遽敢自絶侵軼我邊鄙虔劉我吏民正旦同天皆不入賀國家包以大度置而不問但絶歲賜以俟悛心不幸先帝違弃萬國朕嗣守令緒祗承前志夙夜寅畏迨今朞年宣廣恩澤無幽不振而夏國主秉常屢遣使者造于闕庭弔祭訃告褰修常職朕惟江海之大來則受之豈復追念往昔校計細故宜捨其前日之不恭取其今兹之効順曠然湔滌與之更始自今申勑將吏嚴戢兵民毋得輒規小利擾彼疆埸凡歲賜須賚命有司率由舊章必使桴鼓不鳴烽燧無警彼此之民早眠晏起同底太寧不亦休哉可布告中外咸使知聞

乞不拒絶西人請地

臣近具劄子奏乞於今月八日隨執政延和殿進呈
文字復蒙　聖恩遣中使封還令依前降指揮臣不
敢再三固違聖旨然臣區區之心所以欲於八日入
對者竊見夏國宥州有牒稱已差人詣闕計會所侵
疆土城寨竊慮其日進呈上件文字此乃邊鄙安危
之機生民休戚之本不可不察臣自今年二月初以
來累曾上言乞因新天子即位西人恭順之際早下
詔書赦其罪戾待遇如故如此則控縱在我天子之
體正休兵息民夷夏之心安不幸虜人有一語不遜
一騎犯邊則此詔不可復下無何臣在病假不得面
諭人心不同為人所奪自復一日遷延至今虜先遣
使來直求侵地指陳兵端辭意寖慢前所議詔書已

不可下矣既失此機會即日使至應荅亦難若悉從其所請則彼益驕而無厭若悉拒而不從則邊患由此而起今就二者之中寧爲百姓屈己少從所請以紓邊患不可徼令憤怒致興兵犯塞以困生民所以然者靈夏之役本由我起新開數寨皆是彼田今既許其內附豈可猶靳所侵地而不與彼必曰我自天子新即位卑辭厚禮以奉中國庶幾歸我侵疆今猶不許則是恭順無益不若以武力取之彼小則上書悖慢大則攻陷新城當是之時不得已而與之其爲國家之恥無乃甚於今日乎以小喻大譬如甲奪乙田未請而與之勝於請而後與若更請不與則彼必興鬬訟矣此是非利害明如白黑臣竊慮進呈之際

群臣猶有見小忘大守近遺遠惜此不毛無用之地結成覆軍殺將之害兵連不解爲國家憂伏望陛下決自聖志勿聽浮言爲兆民計文彦博輔佐四朝熟知虜情此可謂軍国重事頗 陛下詢文彦博以決之取進止

增廣司馬温公全集卷四十一

奏議

三揀兵上殿劄子 得旨送密院戒練兵臣僚

竊聞朝廷近降指揮揀選諸指揮兵士補填近上軍分其主兵之官惟務人多不復精加選擇其間明知羸弱悉以充數臣以耳目跡短聞之後時不能豫陳可否致事已施行然其得失利害之明不可不盡為

陛下言之往者不可及来者猶可追也臣竊惟當今
國家之患在於士卒不精故四夷昌熾財用不足故
公私窮迫今縱不能澄汰衰老以省大費而又平居
晏然非有警急坐增無用之衆以長無窮之患臣不
知爲國計者果如何也方今天下安樂無虞而府庫
之積隨得隨散曾無羨餘設不幸有蝗蝻水旱饑饉
相仍盜賊猝起戎狄内侵不知陛下將何以待之此
不可不爲之先慮也臣竊觀自唐室募兵以来果能
得武猛材力之士猶爲有益若不擇勇怯而養之臣
不知其可也唐德宗以神策軍使白琇珪爲京城召
募使應募者皆市井沽販之人有名無實及涇師犯
闕德宗命琇珪以神策禦之卒無一人至者德宗狼

狃失據遂幸奉天及五代之際軍政尤紊是以叛乱
接迹禍敗相尋周世宗以高平之戰士卒不精故樊
愛能何徽所部先奔歸而大閱諸軍悉簡去老弱選
其精鋭以為侍衛親軍由是甲兵之盛近世無比故
能南割淮南北取關南群雄畏服所向無敵太祖皇
帝受天明命撫有大寶當是之時戰士不過數万北
禦契丹西捍河東以其餘威開荆楚包湖湘巻五嶺
吞巴蜀掃江南服吴越太宗皇帝受丕烈奮神威遂
拔晉陽一統四海堂堂之業万世頼之今天下兵數
不能盡知竊聞比於太祖皇帝時其多數倍然元昊
羗胡之豎子智髙蠻獠之微種迺敢倔強河西横行
嶺表國家發兵討之卒或望塵奔北或迎鋒沮潰毁

辱天威焉四夷笑由是觀之養兵之術務精不務多
也且今所選之兵升其軍分增其糧賜是宜感戴上
恩人人喜悅而竊聞京城之内被選之人往往咨嗟
悲怨父子相泣况於外方兵士違去鄉里决別親戚
其爲愁苦不言可知使中外人情遑遑如此豈唯久
遠之害亦不可不以切近之憂爲万一之慮也兵者
國之大事廢興之端安危之要盡在於是臣不知曾
與不曾令兩府大臣相與熟議經久利害然後行之
今在京兵士已經揀上分配諸軍者無如之何其未
揀及外州軍兵士伏望朝廷特降指揮下應係揀軍
臣僚須是一一躬親子細揀選好人材有旅力及得
等樣別無羸弱方得揀上如已經揀中後朝廷別差

不干礙官復揀得却有不及等揀及羸弱疾患之人其元揀軍臣僚伏乞重行貶竄仍自後每遇大段招揀兵士並須先令兩府臣僚同共商量度財用豐耗及事之緩急若須至招揀方得聞奏施行并戒約揀軍臣僚務精不務多一如今来指揮

言階級

臣聞治軍無禮則威嚴不行禮者上下之分是也唐自肅代以降務行姑息之政是以藩鎮跋扈威廢侮朝廷士卒驕横侵逼主帥下陵上替無復綱紀以至五代天下大乱國祚迫蹙生民塗炭祖宗受天景命又聖德聰明知天下之乱生於無禮也乃立軍中之制曰一階一級全歸伏事之儀敢有違犯罪至於死於

是上至都指揮使下至押官長行等褒相承綮然有敘若身之使臂臂之使指則莫敢不從故能東征西伐削平海内為子孫建久大之業至今百有餘年天下太平者皆由此道也近歲以來中外主兵臣僚徃徃不識大體好施小惠以盗虚名軍中有犯階級者務行寬貸是致軍校大率不敢鈐束長行甘言悦色曲加煦嫗以至懦怯兵官亦為此態遂使行伍之間驕恣悖慢寖不可制上畏其下尊制於卑所謂下陵上替者無過於此臣聞聖王之刑期於無刑今寬貸犯階級之人雖活一人之命殊不知軍法不立漸成陵替之風則所繫乃億兆人之命也臣愚欲望陛下特降詔旨申明階級之法戒勑中外主兵臣僚令令一

遵祖宗之制如敢有輒行寬貸曲收衆心者嚴加刑罰以儆其餘庶幾綱紀復振基緒永安

乞不揀退軍置淮南劄子

臣竊聞道途之言未審虛實或云朝廷欲揀在京禁軍年四十五以上微有呈功盡減下請給并其妻孥徙置淮南以就粮食若實有此議臣切以為非宜何則在京禁軍及其家屬率皆生長在京師親姻聯布安居樂業衣食縣官為日固久年四十五未為衰老微有呈功尚任征役一旦別無罪負減其請給徙之淮南是横遭降配也諸軍之内沙汰甚多必恐人情惶惑大致愁怨雖國家承平無事綱紀具張此屬恟恟不安亦無能為患然詔書一有道路流言譁動

百姓朝廷姑務省事復爲收還兵頓失威重向去無以復號令驕兵若遂推而行之則衆怒難犯專欲難成意外之變不可不防梁室分魏博之兵致張彥之乱此近事之可鑑者也則臣願朝廷更當深思熟議未宜遽下此詔也夫水未至而豫為之防水雖不至亦無所害謂水不足憂而不謂之防一旦水至則防無所及矣故君子貴於思患而豫防也且國家竭天下之財養長征兵士卒本欲備禦邊陲今淮南非用武之地而多屯禁兵坐費衣食是養無用之兵寘諸無用之地也又使邊陲常無事則已異日則小有警急主兵之臣必爭求益兵京師之兵既少必須爭者四出大加召募廣為揀選將數倍多於今日所退之

兵尚請衣粮未去而新兵更添衣粮是棄已教閲經戰之兵而收市井畎畝之人今欲減冗兵冗兵更多本欲省大費而大費更廣竊恐非計之得者也臣愚伏願朝廷且依舊法每歲減禁軍有不任戰者减充小分小分復不任執役者放充百姓聽其自便在京居止但勿使老病者尚在名籍虚費衣粮人情旣安於所習皆無所怨嗟國家又得其力用不爲虚設冗兵旣去大費自省在理甚明於事為便臣備位近臣兹事繫國安危不敢不言

論兩浙不宜添置弓手　先公知杭為作

准提點刑獄司牒准勅命指揮云云然臣竊觀兩浙一路與他路不同臣謹條列添置弓手不便事件如

左伏惟聖恩省察少加詳擇當今西戎梗邊三方皆聳人心易動當務安之一旦異常詔書大加調發擐甲執兵學習戰陳置指揮使節級等名目頗似軍法以爲欲效河北陝西沿邊鄉兵謂國家以權計點之假名捕盜漸欲收為卒伍戍守邊防吳人輕怯易惑難曉道聽塗說衆情鼎沸至欲毀體捐生竄匿山澤自雖明加告諭嚴行指約愚民無知不可户說自恐差點之後摇動生憂其不可一也吳越素不習兵以故常少盜賊不過聚結朋黨私販茶塩時遭官司往往闘敵在於兩浙最為劇賊然皆權時利合事訖則散不能久相屯結又無銳利兵器止偷商稅不敢剽掠平人近者以來雖亦頗有強盜然比諸内地要

自稱踈令避差點者若宿舊無歸必例為寇加以弓
矢刀甀之類許其私置自令以後賊盗必多及私販
茶鹽之徒皆有利兵抵拒吏士益難擒討積微至著
漸不可長其不可二也若縣吏貪饕惟利是務不畏法
令不顧公家幸得因緣檄喜多事今討杭州管界當
差若干人他州比率大凡有幾縣胥里長於茲相慶
民既憂愁而又脅之頻苦不安而又擾之所規自潤
豈顧其外雖朝廷重為嚴禁特倍常科長吏勞心不
能悉察害子列所誘死亦冒之亦以版籍差誤戶口異
同毫釐不嘗丐相告使追呼無時獄訟不歇則民未
暇焉上給役而先困於貪吏之誅求矣此之騷擾勢
不能免其不可三也民皆生長畎畝天性蠢愚所知

不過播種之法所識不過耒耜之器加之吴人世爲弱天下所知一旦使棄其所工學所不能恐徒煩教調終無所成就其有成不堪施用則是虛有煩費而與不添置無異其不可四也吴子壽夢以前世服於楚自申公巫臣得罪于楚逃奔于晉聘吴教之乘車教之戰陳其後楚人戎車歲駕草朝晏罷奔命不息以至吴云自是以來號稱輕狡遠則劉濞近至錢鏐其間承風倔強無數豈唯其人之跋扈亦由習俗之樂亂也幸賴祖宗之馴致陛下之敦化至德之釀淪於骨髓昔亂之風移變無迹此皆上天降祐前世所不能庶幾也忽無故黷玩兵棱狎侮危事示以逆德弄之田器生姦回之心啓禍患之非臣恐日久非國家

之至便所以万全而無害其不可㠯也方今兩浙雖水旱稍從未至流殍閭閻無事盜賊不添縱使有之舊来吏士隨發擒討甚有餘力不假更求正恐平居興役有害無益而已臣職忝密近官備藩方不敢默然理須上列伏望陛下特令兩浙一路不更添置或以事俱過防舊人太少則乞只依旧條勑命量加添補更不立新例使華名得閑習舊事一如舊規豈得衆情大安別無生事

增廣司馬温公全集卷四十二

奏議

乞罷保甲招置長名弓手

乞罷保甲

再乞罷保甲

乞罷保甲招置長名弓手

臣竊見府界及三路保甲雖罷團教猶冬教一月於民有損於官無益不若盡罷之便何則比於團教之時民間勞費雖十減六七然猶有三四此所謂於民有損也朝廷每歲遣使案閱所費金帛以百万計而終無所用之此所謂於官無益也臣以為不若盡罷

之便自置保甲以來盜賊倍多所以然者鄉村無賴子孫乍涉城市聞見紛華自恃身爲保丁坐索本家供給飲博遊蕩習以成性今雖罷團教不肯復歸南畝服田力穡逸欲既深資用不足既家藏利兵又身挾武藝由是邀結黨友羣行攻劫父兄不能禁州縣不能制此自然之勢也是以數年以來年不甚饑而府界三路盜賊縱横入縣鎮殺官吏若遇蟲蝗水旱大飢之時將若之何此不可不爲之先慮也以臣愚見莫若盡罷府界及諸路保甲據逐縣主户數目盜賊多少委提點刑獄相度每若干户置長名弓手一人與免户下租税支移折變及夫役諸般差徭科配一無所預務爲優假使人歆慕每十人置節級一員

五十人置十將一員百人置員寮一員二百人以上置指揮使各一員雖不及二百人亦置指揮使副指揮使名目盡管一縣弓手以爲賞功資級其節級始初且令本縣令佐依上名下次取選有部轄者權管候有長行捉殺到強盜一人即補節級替下權管之人自後每捉賊殺到強盜一人依此遷一級若未有闕且爲守闕不得管人候有闕日補正其累功勞遷至正指揮使滿三年以上又曾捉殺到強盜三人從來不曾犯贓罪者仰本縣官吏結罪保明申州本州官吏結罪保明申奏乞朝廷與於三班借職差內安排若遇有強惡賊人朝廷臨時别立賞格者不在此限如此則保甲中勇健之士見前有出官之望[illegible]懽

募者必多除第一第二等户物力高強各有三丁不得應募外其餘但於本縣有户籍田產不以等第高下並許投充長名弓手永無解役之限若第一第二等户情願以一丁為弓手餘丁充重役者聽若一人闕額有二人以上爭投者即委令佐揀試高強者充如此則本縣勇健者皆充弓手其餘怯弱者雖使之為盜亦無能為患若見充長名弓手人有勇力武藝衰退者許令外人指名比較若勝於舊者即令充替如此則不須教閱武藝自然長得精熟仍委本州及提點刑獄常切覺察令佐有取捨不公者取勘依法施行若應募未滿見今鄉差弓手之數即且令鄉差弓手相兼祗應候招得長名弓手一人即替鄉差弓手一人歸農其鄉差弓手願

投充長名者亦聽若長名弓手及百人以上即令分一半作兩番二百人以上每百人分作一番並年終交替其上番者隨縣尉逐捕盜賊自節級以上各令管所轄之人若所轄之人有小可過犯許一面區分不得過小杖十下若所轄之人敢陵犯本轄人員者杖一百毆者徒一年雖權管亦同本轄人員若於所轄人處取受財物並依律科罪犯贓罪杖者若係管轄權管即降充長行下名若係正人員即降一資自後每捉到強盜兩人始當一人罪至徒者不以權正並降充長行下名自後每捉到強盜三人始當一人雖許遷資並係額外不得管人不得出官若遇下番不相管轄亦無階級其下番者自十將以下人員所

居之處與耆長同覺察本管地分内曾有强盜之人及窩藏之家凡為强盜者不肯於本管地分作過須在他處蓋恐累及本地分捕盜人無所自容故也其本地分捕盜人往往知之莫肯發舉盜既得財分贓則絶迹遠遁其賊發地分捕盜人雖欲擒捕莫知其處官中須立三限科校終無所益由此賊發地分捕盜人每賊發莫肯申舉若變主懦弱則多方抑塞不令聲賊變主強梁則共陪所失之財勸和使休是致群盜無所忌憚日益昌熾又告捕得賊多被賊人讎報焚燒莊舍屠害老小其賞錢豈宜留滯而往往為州縣沮難有司靳惜動有經年請領不得使之解體欲乞今後應賊發地分其捕盜人更不立三限科校

捕盜官亦不批罰只以擒賊多論其功賞若敢抑塞
壅蔽從嚴法施行仍每州各隨大小賊盜多少借官
錢數千貫專充告捕賞錢無獲強盜勘得從來住止
窩藏去處候斷遣已了委本州長吏當日先以官錢
支給告捕之人即移牒出賊州縣向追住止窩藏州
縣地分捕盜人科一不覺察之罪弓手杖一百耆長杖
八十壯丁笞四十先籍沒賊人及窩藏家財産償所
支賞錢外其不足之數令捕盜人等均攤限一月催
促津般從給賞州軍補填官錢若路遠難以津般則
各於本州官錢內關撥折充其強惡賊人官中時於
常法外多立賞錢者自以省錢充不在捕盜人均攤
之限如此則窩藏無所容身必思改過自新若果行

此法府界三路既免教閱勞費之患無以子弟之有所歸投得專廢諸路正鄉村之名復國家舊制勇健之士前有仕進望爭討賊立功不得教閱而弓手武藝自然不敢衰退不須點差而鄉兵自足兼有所用人雖衆多而上下有綱紀不敢相侵暴賊發地分捕盜人不知賊處免虛受刑責出賊地分爲累及身不敢蔽匿景迹之人被盜之家無人抑塞有所申訴賊盜窮窘無所容身稍冀衰息取進止

乞罷保甲

竊以兵出民間雖云古法古者八百家纔出甲士三人步卒七十二人閑民甚多三時務農一時講武不妨稼穡自上世相承習以爲常民不驚擾自兩司馬

以上皆選賢士大夫爲之無侵陵之患故卒乘輯睦動則有功今籍鄉村之民二丁取一以爲保甲皆授以弓弩教之戰陣是農民半爲兵也三四年來又令河北河東陝西置都教場無問四時每五日一教特置使者比監司專切提舉州縣不得關預每一丁教閱一丁供送雖云五日而保正保長以泥堋除草爲名日聚之教場得賂而縱之不得留之是三路耕耘收穫稼穡之業幾盡廢也自唐開元以來民兵法壞戍守長征盡募長征兵士民間何嘗習兵兵者凶器聖人不得已而用之國家承平百有餘年四夷順服戴白之老不識兵革一旦畎畝之人忽皆戎服執兵奔馳滿野見者孰不驚駭耆舊歎息以爲不祥事

既草創調發無法比戶搔擾不遺一家又巡檢行使按行鄉村往来如織保正保長依倚弄權坐索供給多責賂遺小不副意妄加鞭撻蚕食行匄殆不知紀極中下之民罄家所有侵肌犯骨無以供億愁苦困弊靡所投訴流移四方襁屬盈路又朝廷時遣使者徧行按閱所至犒設賞賚糜費金帛以巨万計比皆鞭撻平民銖兩丈尺而斂之一旦用之如糞土而鄉村之民但苦勞役不感恩澤臣不知設保甲於農民之勞既如彼為國家之費又如此終將何所用哉若使之捕盜賊衛鄉里則何必如此之多若使之戍邊境征戎狄之民以騎射為業以攻戰為俗自幼及長更無它務中國之民生長太平服田力穡雖皆授以

兵械教之擊刺在教場之中坐作進退有似嚴整必若使之與戎狄相遇填然鼓之鳴鏑始交其奔北潰敗可以前料決無疑也是猶驅群羊而戰豺狼也當是時豈不誤國事乎又悉罷三路巡檢下兵士及諸縣弓手皆易以保甲令主簿兼縣尉但主草市以外其鄉村盜賊悉委巡檢兼掌巡按保甲教閱朝夕奔走猶恐不辦何暇逐捕盜賊哉又保甲中往往有自爲盜者亦有乘保馬行劫者然則設保甲保馬本欲除盜乃更資盜也書曰民惟邦本本固邦寧又曰可畏非民夫川涸魚逝林燔鳥飛民喪其生業無以自存赴訴不受失其所依安得不去而爲盜哉自教閱保甲以來河東陝西賊盜已多至敢白晝公行入縣

鎮殺官吏官軍追討經歷歲月終不能制況三路未至大饑而盜賊已昌熾如此万一遇數千里之蝗旱而失業饑寒武藝成就之人所在蜂起以應之其爲國家之患可勝言哉此非小事不可以忽夫奪其衣食使無以爲生是驅民爲盜也使比屋習戰勸以官賞是教民爲盜也又撤去捕盜之人是縱民爲盜也謀國如此果爲利乎害乎且鄉者干進之士說先帝以征伐四夷開邊拓土之策故立保甲戶馬保馬等法近者登極赦書節文云應緣邊州軍仰逐處長吏幷巡檢使臣鈐轄兵士及邊上人戶不得侵擾外界務要靜守疆埸勿令騷擾此蓋聖意欲其惠綏休息中國華夷之人孰不歸戴然則保甲戶馬保馬復何

所用哉今雖罷戶馬寬保馬而保兵猶存者蓋未有以其利害之詳奏聞者也臣愚以爲宜悉罷保甲使歸農召提舉官還朝量逐縣戶口每五十戶置弓手一人略依緣邊弓箭手法許蔭本戶田二頃悉免其稅役除出盗賊地分嚴加科罰及令出賞錢外其賊地分更不立三限科校但令捕賊給賞若獲賊數多及能獲強惡賊人者各隨功大小遷補職級或補班行務在優假弓手人勸募然後募本縣鄉村人戶有勇力武藝者投充許即令保甲中有武藝者必多願應募若一人闕額有二人以上爭投者即委本縣令尉選武藝高強者充或武藝衰退許它人指名與之比校若武藝勝於舊者即令充替其被替者更不得

陰田如此則不必教閱武藝自然精熟一縣之中其壯勇者既爲弓手其羸弱者雖使爲盜亦不能爲患仍委本州及提點刑獄常按察令佐有取捨不公者嚴行典憲若召募不足即且於鄉村戶上依舊條權差倩有投名者即令充替其餘巡檢兵士縣尉弓手耆長壯丁逐捕盜賊並依祖宗舊法

再乞罷保甲

竊見先帝以戎狄驕傲侵據漢唐故地有征伐開疆之志故置保甲令開封府界及河北陝西河東三路皆五日一教閱京東西兩路保甲養馬仍各置提舉官權任比監司既而有司各務張皇以希功賞其提舉官專使本屬不顧它司事干保甲州縣皆不敢關

預管內百姓不得逸佁其巡檢指使保正保長競爲侵擾蚕食無厭稍不如意擅行捶撻其保丁習於遊惰不復務農或自劫掠或侵陵鄉里其本家耕種私穫率皆妨廢供送不辦率斂無窮貧產耗竭無以爲生弱者流移四方壯者亡爲盜賊行之數年先帝浸知其弊申勅州縣令保甲應有違犯并巡教官指使違法事件並許州縣覺察施行及陛下踐祚聽政首令京東西路保甲養馬並依元降年限收買其剩買過數目並不充次年之數又令開封府界三路團教已及半年經朝廷按閱者每月併教兩日未經按閱者併教三日又令見教人身才弱小或久來疾病及本家止有一丁病患不堪營作并地五十以下地土

不及二十畝者並許州縣保明提舉司審驗放免又令一縣不得放免過二分此皆聖澤矜寛民力於保甲勞費雖什減五六然保甲保馬向去點擇買養補填尚猶如舊其巡教指使保正保長名目猶在於所轄保甲恐不免須有陵逼侵漁四時教閲雖減日數未免妨農自愚以為此保甲若使之逐捕賊盗則近已有指揮巡檢縣尉及弓手兵級數並令依保甲未上番以前人數復置其保甲更不令管句捕盗若使之攻討四夷則此皆畎畝之徒教閲雖熟未嘗見敵與戎狄戰鬬必望風奔潰登極詔書戒勑邊吏令不得侵擾外界務要静守疆場然則此保甲保馬的實有何用徒令府界及五路農民不堪怨苦幸賴社稷

之歲適值累年豐稔猶流民甚多盜賊充斥若遇如明道年之蝗康定年之旱至和年之水則其爲國家大患豈可盡言近者群盜王冲乗保馬諸處行刼置保馬本欲逐盜今更爲盜資又獲鹿縣保甲斫射敺傷提句孫文巡檢張宗師以下陵上是乃大亂之源漸不可長乃保甲保馬有害無利天下之人莫不知之且不知朝廷何憚而久不發罷伏乞斷自聖聰盡罷諸處保甲保正保長使歸農依舊置耆長壯丁巡捕盜賊户長催督稅賦其所養保馬揀擇勻收太僕寺量給價錢分配兩騏驥坊監諸軍召提舉官還朝其句當公事巡檢指使並送吏部與合入差遣如此則開封府界及五路之民孰不歡呼鼓舞荷戴聖德

君以保甲中武藝已成之人可惜使之歸農即乞令逐縣户數每五十户置弓手一人依緣邊弓箭手法許蔭本户田二頃與免二稅或稅輕者與免若干石計稅及户下諸般科役本户田不足聽蔭親戚田務在優假使人勸慕然後召募本縣鄉村有勇力武藝者投充弓手計即令保甲中有勇力武藝者必多願應募若一人闕額有二人以上爭投者即委本縣令佐揀試武藝高強者充若見充弓手人有勇力武藝衰退許它人指名比校若勝於舊者即令充替如此則不須教閱武藝自然常得精熟一縣之中其勇壯者既充弓手其羸弱者雖使之爲盜亦不能爲患仍委本州及提點刑獄常切按察令佐有取捨不公者

重加刑典若無人投名[illegible]更議優法若尚召募不足即且依舊雇人候有投[illegible]者即令充替若弓手數多即令分番更互在縣祗應一年一替其餘各分定地分巡捕賊盜每獲賊勘得赦後住止及窩藏去處其本地分嚴行科責及令出賞錢與獲賊之人其賊發地分更不作三年科校只令捕賊給賞如此則賊發之處捕盜之人不復掩蔽住止窩藏之處捕盜人不肯庇匿盜賊無所容身自然稀少取進止

增廣司馬溫公全集卷四十三

奏議

臣聞周易天地交則為泰不交則為否君父天也

臣民地也是故君降心以訪問臣竭誠以獻替則庶政脩治邦家乂安君惡逆耳之言臣營便身之計則下情壅蔽衆心離叛自生民以来未有不由此道者也夫道猶歧路近差跬步遠失千里今皇帝陛下新臨大寳德性高明太皇太后同斷万機聖謨光大初發號令不可不慎斯乃治乱之歧塗安危所分也當以要切為先以瑣細為後臣切見近年已来風俗頹弊士大夫以偷合苟容為智以危言正論為狂是致下情蔽而不上通上恩壅而不下達閭閻疾苦痛心疾首而上不得知明主憂勤宵衣旰食而下无所訴公私兩困盜賊以繁賴上帝垂休歲不大飢祖宗詒謀人無異志不然者天下之勢可不為之寒心乎此

皆罪在群臣而愚民死知徃徃怨歸先帝此臣所以
日夜憤痛焦心泣血不顧死亡思有開發於朝廷者
也臣愚以爲今日所宜先者莫若明下詔書廣開言
路不以有官無官之人應有知朝政闕失及民間疾
苦者許進實封狀盡情極言仍頒下諸路州軍於所
在要鬧處出牓曉示在京則於鼓院檢院投下委主
判官畫時進入在外則於州軍投下委長吏即時附
遞奏聞皆不得取責副本違有抑退其百姓無産業
人慮有姦詐則責知在奏取指揮放令逐便然後降
下於聽政之暇略賜省覽其義理精當者即施行其
言而顯擢其人次取其所長捨其所短其狂愚鄙陋
無可采取者報聞罷去亦不加罪如此則嘉言日進

群情無隱陛下雖深居九重四海之事如指諸掌舉
措施為准陛下所欲斯乃治安之原太平之基也陛
下若以臣言為可取伏乞斷自聖意下學士院草詔
書徧行群臣若有沮難者其人必有姦惡畏人指陳
臣欲壅蔽聰明此不可不察取進止

再乞開言路

昨在京師伏蒙太皇太后不以臣愚踈無取遣使訪
以得失豈惟微臣有千載一逢之幸中外聞之踊躍
相慶以為言路將開下情得以上通太平之期指日
可待也當是時臣未暇備論天下之事先陳所急於
三月三十日上言以近歲風俗頹弊士大夫以偷合
苟容為智以危言正論為狂致情不上通恩不下達

（第三葉原闕）

元立條限約定逐年合買之數文乞令太學置增養
秋博士使諸生肄業朝廷以非其本職而言各罰銅
三十斤臣忽聞之悵然失圖憤邑無已臣非私於二
人直爲朝廷惜治體耳夫阿意容身竊祿此小臣之
利也或威福在己人不敢言此大臣之利也然民怨
於下而不聞國家阽危而不知於陛下有何利哉彼
宋彭年王諤臣素不識不知其人爲賢爲不肖但惜
陛下臨政之初而二臣首以言事獲罪臣恐中外聞
之忠臣解體直士挫氣欲仕者斂冠藏之欲諫者咋
舌相戒則上之聰明猶有所不照下之情僞猶有所
不達太平之功未可期也宋彭年所言雖不識事體
但當廢而不行亦不宜加罪至如孔子作春秋爲万

世法王安石秉政輒黜之使不得與諸經並列於學宮學官毋得習以爲棄王諤所言未至不當乃以越職爲罪古者置諫鼓設謗木詢于芻蕘未聞有位於朝而以言事爲越職者也若當職之人既不肯言不當職之人又不得言四海之廣兆民之衆其政治利病天子深居九重何由得聞之哉昨日進奏院遞到告身差臣知陳州然則臣自今於一州之外言及他事亦爲越職何敢言矣今二臣之罰既不可追伏望陛下如臣前奏下詔不以有官無官當職之人皆得進言擢其可取者微加奬使天下之人知朝廷樂聞善言不惡論事無可取者寢而勿問庶幾願納忠之人猶有源源而來也臣禀賦愚戇文章政事皆出人

下惟不識忌諱不阿權貴遇事妄言無事顧避以此
苟知於累朝見稱於衆人若亦不得言則無所復用
於聖世矣上孤太皇太后陛下下問之意下負微臣
平生願忠之心内自痛悼死不瞑目臣久忝便安今
朝廷授以名藩義不敢辭見牒本州索遠接公人起
發赴任次到官之日但勉竭疲駑恪勤本職苟力所
不逮伏須罪戾而已

舉[illegible]劄　[illegible]待制知諫院

臣今日面奉聖旨令臣采訪可為諫官者密具姓名
聞奏臣辭不獲命退而惶恐黙自思忖凡擇言事官
當以三事為先第一不愛富貴次則重惜名節次則
曉知治體具此三者誠亦難材臣愚何足以識別賢

能竊謂己試之人差為可信伏見三司鹽鐵副使呂誨累居言職不畏強禦再經謫降執節不回侍御史呂景外貌和厚內守堅正見德知恥臨義不疑於臣所知之中此兩人可其選更乞陛下博訪衆臣裁以

聖意取進止

再舉諫官劄子

臣昨日面奉聖旨令臣采訪可任諫官者密具姓名聞奏臣竊見龍圖閣直學士陳薦舊事陛下於藩邸其中厚質直陛下必素知之直史館蘇軾試策入優等文學富贍曉達時務勁直敢言職方員外郎王元規自少至長志操堅正所居之官皆著風迹集賢校理趙彥若師民之子強學懿行不減於父平居恂恂

如不勝衣遇事剛勁人莫能奪此四人者臣所素知竊謂可備諫職伏乞聖明更賜裁擇取進止

請自擇臺諫劄子

臣竊見近日臺諫上言乞罷三司條例司害民及呂惠卿亦姦邪者率被責降或更加以惡名如呂公著告辭云乃誣方鎮有除惡之謀中外聞之無不駭愕竊惟朝廷之意無它止欲懲戒來者使不敢復言耳國家置臺諫官以爲天子耳目唯恐政事有闕失百姓有疾苦大臣專恣左右姦邪天子深居九重不能聞故也今臺諫官稍有懷剛直之志畏天下公議憂念朝廷哀憫百姓忤犯大臣刺譏左右者陛下輒罪而逐之更使大臣自擇所親以代其任万一又爲公

論則又逐之是必得庸懦阿諛不知廉恥附下罔上背公死黨之人然後止耳若言路皆得此等之人則禁闥之外陛下耳目之所不及者雖有至大之事迫切之禍陛下何從知之如此豈宗廟社稷之福也晏子曰君所謂否臣亦曰否君以水濟水誰能食之今陛下使大臣自擇臺諫官大臣又取同於己者存之異於己者去之然則陛下獨與大臣為天下足矣何必更置臺諫官也且條例司之害民呂惠卿之姦邪天下之人誰不知之獨陛下與王安石未之寤耳豈可以更黜逐臺諫以長其威福成其氣勢臣竊為陛下寒心今臺諫官已被逐者臣不敢留唯願陛下自擇公正剛直者布之言路以明四目達四聰勿使為

群下所欺蔽則天下幸甚臣受陛下過分之恩不敢
塞默雖死怨讎之手猶賢於竊祿偷生者也取進止

乞改求諫詔書

臣曾上言乞下詔書廣開言路不以有官無官之人
並許進實封狀仍願下諸路州軍於要鬧處出牓曉
示敕院州軍長吏不得抑退臣昨奉聖旨令入見於
今月日到京蒙降中使以五月五日詔書賜臣看閱
臣狂瞽妄言曲荷采納豈獨微臣之幸抑亦天下之
幸此乃聖祖之先務太平之本原也然臣伏讀詔書
其間有愚心未安者不敢不冒万死極竭以聞竊見
詔書始末之言固盡善矣中間有云若迺陰有所懷
犯非其分或扇搖機事之重或迎合已行之令上則

觀望朝廷之意以徼幸希進下則衒惑流俗之情以干取虛譽審出於此苟不懲艾必能亂俗害治然則黜罰之行是亦不得已也臣聞明主推心以待其下而無所疑忠臣竭誠以事其上而無所畏避故情無不通言無不盡今詔書求諫而逆以六事防之臣以爲人臣惟不上言則皆可以六事罪之矣其所言或於群臣有所襃貶則可以謂之陰有所懷本職之外微有所涉則可以謂之犯非其分陳國家安危大計則可以謂之扇搖機事之重或與朝旨暗合則可以謂之迎合已行之令言新法之不便當改則可以謂之觀望朝廷之意言民間之愁苦可閔則可以謂之衒惑流俗之情然則天下之事無復可言者矣是

詔書始於求諫而終於拒諫也臣恐天下之士益箝口結舌非國家之福也又止令御史臺出牓朝堂自非趨朝之人莫之得見所詢者狹伏望聖明於詔書中刪去中間一節如臣三月三十日所奏須布天下使天下之人曉然知陛下務在求諫無拒諫之心各盡所懷不憂黜罰如此則中外之事遠近之情如指諸掌矣

乞申明求諫

伏見陛下初臨大寶太皇太后同斷万機側身虛己渴求諫諍下詔書大開言路此誠明主之先務太平之本原也竊見中間有若迺陰有所懷至是亦不得已也一節天下見者未達聖心咸以謂朝廷雖名求

諫實惡人論事豫設科禁有上言者皆可以此六事罪之是以盤桓猶豫未敢盡言如此則上恩不究下情不得上通上下否蔽万事乖失又前来詔書止牓朝堂所詢不廣見者甚少臣愚伏望聖慈下學士院別草詔書除去中間一節務在勤求讜言使之盡忠竭誠無有所諱仍乞遍頒天下在京於尚書省前及馬行街出牓在外諸州軍監各於要鬧處出牓曉示不以有官無官之人應有知朝政闕失及民間疾苦者並許進實封狀言事在京則於登聞鼓院檢院投下委主判官畫時進入在外則於州府軍監投下委長吏即時附遞聞奏不得取責副本强有抑退其百姓無家業人慮有姦詐即令本州責保知在奏取

指揮放令逐便候有上件實封奏狀進入至内中從
望陛下以万機之暇略賜省覽其所論至當者當用
其言以顯其身其是非相半者捨短取長其言無可
采事不可行者亦當矜容不可加罪如此下情無不
通嘉言罔伏聰明四達海内如指掌矣或慮奏
狀煩多難以親覽即乞降付三省委三省官看詳擇
其可取者用黄紙籤出再進入或乞留置左右以備
規戒或乞降付有司施行

增廣司馬温公全集卷第四十三

增廣司馬温公全集卷四十四

奏議

乞省覽臣民封事

乞省覽農民封事

乞別看詳封事

外諫官極言

看閱吕公著所陳利害

乞裁斷政事

議可劄子

乞省覽臣民封事

臣聞舜明四目達四聰王者視四海之内皆如戶庭

閭閻之間皆如指掌然後能治其天下恭惟太皇太后陛下深居九重皇帝陛下富於春秋四海之廣天閭閻之微隱未嘗身親而目覩也非采聽臣民之言雖以天縱睿知之性何由知之陛下近詔天下臣民得上封事言朝政闕失民間疾苦仍降出令臣與諸執政官看詳其第一次降出者三十卷臣謹與諸執政選擇其中除無取及冗長之辭外其可取者用黃帖簽出進入訖伏乞陛下取簽出者更賜詳覽或留置左右以備規戒或降付有司商議施行如此則忠言日進聰明日廣誠生民之厚幸社稷之盛福也臣者況政請聽臣僚上殿陛下謙退以爲國家政事多來習知臣僚欲言事者自有章疏何必上殿今臣民

章疏奔集於前若非陛下勤加省覽則朝政闕失民間疾苦何由上聞國家政事無時而習知也其間亦有一事而衆人共言者百亦重復發出蓋欲陛下知天下所共患衆情所同欲也夫爲政在順民心民之所欲者行之所惡者去之則何患號令不行民心不附國家不安名譽不榮哉惟陛下斷志而力行之

乞省覽農民封事

伏覩近降民訴疾苦實狀王嵓叟等一百五十道除所訴重復外俱已簽貼進入竊惟四方之民惟農最苦農夫寒耕熱耘霑體塗足戴星而作戴星而息蠶婦育蚕治繭績麻紡緯縷縷而積之寸寸而成之其勤極矣而水旱霜雹蝗蜮間爲之災幸而收成則公私

之債交爭互奪穀未離場帛未下機已非己有矣農夫蠶婦所食者糠粃而不足所衣者綈褐而不完直以世服田畝不知捨此之外更有可生之路故其子弟游市井者食甘服美目熟盛麗則不復肯歸南畝矣至使世俗俳諧共以農爲強鄙誠可哀也又況聚歛之日於租稅之外巧取百端以邀功賞青苗則強散重歛給陳納新免役則刻剝窮民收養浮食保甲則勞於非業之作保馬則困於無益之費可不念哉夫農蠶者天下衣食之源人之所仰以生也是以聖王重之而不敢遠引前古竊聞太宗皇帝常遊金明池召田婦數十人於殿上賜席使坐問以民間疾苦田婦愚戇無所隱避賜帛遣之太宗興於側微民間

事固無不知所以然者惡富貴而忘之也故每臨朝
無一日不言及稼穡眞宗皇帝乳母秦國夫人劉氏
本農家也喜言農家之事眞宗皇帝自幼聞之故爲
開封尹以善政著聞及踐大位咸平景德之治爲有
宋隆平之極景德農田勑至今稱爲精當昔周公相
成王作無逸曰先知稼穡之艱難乃逸則知小人之
依蓋以一盂之飯一□之布皆出於艱難人主既知
之則不肯用之於無益散之於無功驕侈之心無自
而生矣伏惟太皇太后陛下深思□未皇帝陛下富
於春秋自非從者濬發德音大開言路使畎畝之民
皆得上封事則此曹疾苦何由上達萬分之一得達於
天聽哉其文辭鄙俚語言叢雜皆身受實患直貢其

誠不可忽也伏望太皇太后陛下同賜省覽庶以開廣聰明資益聖性於民間情僞靡不周知異日太平之業由此爲始矣

乞別看詳封事

伏見陛下詔開言路迄今已涉歲月必有百僚民庶上言朝政闕失民間疾苦奏狀已多未見有付外令三省或樞密院商量施行者如此則徒煩省覽何所裨益昔漢昭帝時吏民上書言便宜有異輒下杜延年平處復奏 先帝初即位詔中外上言得失亦令臣與張方平同詳定選擇可取者與元奏狀同進入或付三省樞密院施行臣竊計今來臣民所上文字其間是非臧否雖錯雜嘉謀長策不可謂無以睿明所

燭諒毫髮無遺豈可一槩弃置全不采用欲乞選其可從者降出施行或以万機之繁未暇遍加省覽即乞依臣前奏降付三省委執政官分取看詳擇其可取者用黄紙簽出再進入或留置左右或降付有司

升諫官極言

伏蒙聖恩不以臣無似擢臣為諫官自幼學先王之道意欲有益於當時是以雖在外方為它官猶願竭其愚心陳國家之所急况今立陛下之左右以言事為職陛下仁聖聰明求諫不倦群臣雖有狂狷愚妄觸犯忌諱陛下皆含容寛貸未嘗加罪誠臣千載難逢之際苟不以此時傾輸胸腹之所有以副陛下延納之意則不可以自比於人死有餘罪矣臣竊惟

人君之大德有三曰仁曰明曰武仁者非嫗煦姑息之謂也興教化脩政治養百姓利万物此人君之仁也明者非煩苛伺察之謂也知道誼識安危別賢愚辨是非此人君之明也武者非彊亢暴戾之謂也惟道所在斷之不疑姦不能惑佞不能移此人君之武也故仁而不明猶有田而不能耕也明而不武猶視苗之穢而不能耘也武而不仁猶知穫而不知種也三者兼備則國治彊闕一焉則衰闕二焉則危三者無一焉則亡自生民以來未有或改也臣不勝區區觸死忘生竊見陛下天性慈惠慎微接下子育元元汎愛群生雖古先聖王之仁殆無以過然自踐阼以來垂四十年夙夜孜孜以求至治而朝廷紀綱猶

有虧缺閭里窮民猶有怨歎意者群臣不肖不能宣揚聖化將陛下之於三德万分之一亦有所不盡歟臣聞春秋傳曰賞慶刑威曰君臣幸得以脩起居注日侍黼扆之側伏見陛下推心御物端拱淵嘿群臣各以其意有所敷奏陛下不復詢訪利害考察得失一皆可之誠使陛下左右前後股肱耳目之臣皆忠實正人則如此至善矣或出於不意有一姦邪在焉則豈可不爲之寒心哉夫善惡是非相與混淆若待之如一無所别白或知其善而不能賞知其惡而不能罰則爲善者日懈爲惡者日勸善者懈惡者勸雖有堯舜禹湯文武之君稷契伊吕周召之臣以求夫至治猶鑿冰而取火適楚而北行也伏惟陛下少垂

聖恩以天授之至仁廓日月之融光奮乾剛之威斷善無微而不録惡無細而不誅則唐虞三代之隆何遠之有臣愚淺所見不敢不陳

看閲吕公著所陳利害

蒙降吕公著劄子一道付臣看閲所陳更張利害有無兼濟之才直書當與不當具悉奏來者臣自公著到京止於都堂衆中一見自後未嘗私相見及有簡帖往來今公著所陳與臣所欲言者正相符合蓋由天下之人皆欲如此臣與公著但具衆心奏聞耳臣聞書曰有廢有興出入自爾師虞庶言同則繹言國家政事數有所改更必先謀於衆人所言皆同然後行之則無失也傳曰上酌民言則下天上施言為人

君當采酌民言從其所欲則在下之人戴上如天受
其恩施也伏望陛下察公著所陳參以臣民所上實
封奏狀若與之同者二斷志行之勿復有疑臣見太平
之功不日可成矣公著者一言而天下受其利可謂有
兼濟之才所言無有不當惟保甲一事就農隙教習
臣愚以謂朝廷既知其爲害於民無益於國便當一
切廢罷更安用教習容臣續具劄子奏聞攸

乞裁斷政事

臣聞兩貴之不能相事兩賤之不能相使此乃物理
自然人之常也是以聖人立爲君臣使人臣各獻其
謀而人君裁決其是非若綱在綱有條而不紊此國
家所以治也若人君不知裁決使人臣各行其意則

朝夕鬬訟弱不勝強寡不勝衆又且雷同詭隨尸位竊禄苟且偷安以度目前此國家所以積衰也然人君於是非之間亦當三思清察昭然而後決之自古興衰未有不由此塗出也夫人心不同各如其面雖以周公之聖召公之賢同輔成王猶有不悅况邪正忠佞各有所存者乎臣竊惟皇帝富有春秋太皇太后親臨万機事無大小皆委於執政垂拱仰成万一群臣有所不同勢均力敵莫能相一者伏望陛下特留聖意審察是非若甲是乙非當捨乙而從甲乙是而甲非當捨甲而從乙如此則群臣莫敢不服善政日新不然陛下雖有求治之心事功無時而成也况書曰惟辟作福作威不可使用人賞罰之柄盡歸執政

人主一不得而專也

議可劄子

臣聞古人有言謀之在多斷之在獨陛下寛仁委政群下或政有大疑議論難一儻陛下不决其是非則争辨紛紜無時而息事功何由可成臣謹按蔡邕獨斷叙漢制有疑事公卿百官會議若臺閣有正處而獨執異意曰駮議其合於上意者文報曰某官某甲議可此所以各盡群下之見而人主亦不失操柄也今執政之臣雖相竭力同寅協恭若万一有議論必不可合者欲乞許令各具劄子奏聞望陛下精察其是非可否以聖意决之或於簾前宣諭或於禁中批出合依某所奏若群臣獨有固争執者則願陛下

更加審察若前來處分果非則勿憚改爲若灼然無
疑則決行不移耳如此冊思而行庶幾得盡衆心事
亦少失矣

增廣司馬溫公全集卷四十五

奏議

言橫山劄子

論橫山疏

再言橫山上殿劄子

言橫山劄子

臣竊聞陝西邊臣有上言欲招納趙諒祚國内人戶漸圖進取者臣竊惟諒祚驕僭之罪宜伏天誅爲日固久今國家新遭大憂陛下初承寶命公私困匱軍政未講恐征伐四夷之事未易輕議也況諒祚雖内懷桀驁而外存臣禮方遣使者奉表弔祭尚未還國

而遽令邊臣誘納其亡叛之民臣恐未足以虧損諒祚而失王者之體多矣伏望陛下且以拊循百姓為先以征伐四夷為後速詔邊臣務敦大信勿納亡叛專謹斥候防其侵軼而已俟諒祚咎惡既熟中國兵穀有餘然奉辭伐罪不為晚也取進止

論橫山疏

月日具位臣某昧死再拜上疏　皇帝陛下臣聞王者之於戎狄或懷之以德或震之以威要在使之不犯邊境中國獲安則善矣不必以逾葱嶺誅大宛絶沙漠禽頡利然後為快也竊聞有邊臣言趙諒祚部將輕泥褒側欲以橫山之衆攻取諒祚歸命聖德朝廷已有指揮許令招納臣近者雖曾論列以為非

宜尚僭語言疎略未盡本末不敢不再為　陛下陳之今ㄧ進諫者但言其利不言其害臣試言其害雖逆盛德願　陛下勿遽加弃置略賜周覽與進諫者參校其是非焉臣聞夷狄之俗自為兒童則習騎射父子兄弟相與群處未嘗講仁義禮樂之言也唯以攻戰相尚而已故其民習於用兵善忍飢渴能受辛苦樂鬬而無厭終世中國之民所不能為也是以聖人與之校德則有天地之殊與之較力則未能保其必勝也以大禹之明征三苗而三旬逆命高宗之賢伐鬼方三年乃克漢高祖之雄桀為冒頓所圍七日不食國朝以太宗之英武壯舉河東南取閩浙若拾地芥加之猛將如雲謀臣如雨天下新平民未忘戰

當是之時繼遷背逆太宗以鄭文寶爲陝西轉運使用其計策假之威權以討之十有餘年卒不能克發關中之民飛芻輓粟以饋靈州及清遠軍爲虜所鈔略及經沙磧飢渴死者什七八白骨蔽野號哭滿道長老至今言之猶歔欷酸鼻及真宗即位會繼遷爲羅濡支所殺真宗因洗滌其罪而撫其孤賜之節鉞使長不毛之地訖於天聖明道四十餘年爲不侵不叛之臣關中戶口滋息農桑豐富由是觀之征伐之與懷柔利害易見矣及元昊背恩國家發兵調賦以供邊役關中既竭延及四方東自海岱南踰江淮占藉之民無不蕭然苦於科斂自其始叛以至納欵纔五年耳天下困弊至今未復仁宗屈己賜以誓詔冊

爲國主歲與之物凡二十五万豈以其罪不足誅而功可當哉計不得已也鄉者諒祚雖時偃蹇禮節不備或誘掠熟户驚擾邊民然猶稱臣奉貢未敢顯然自絶也今乃誘其叛臣以圖之縱使誠能梟諒祚之首復靈夏之土以王者之兵言之猶可恥也況其成敗未可知乎臣恐邊事之興生民之苦由此而始也王者之於諸侯叛則討之服則撫之是以諸侯懷德畏威莫不率從去歲諒祚攻大順城殺掠吏民今春朝貢之使不以時至當是時不能討也今朝廷既赦其罪與其賜物受其使者納其貢獻又從而誘其叛臣激其忿心是常欲其叛而不欲其服也信義賞罰將安在乎議者或以爲彼誘我民我誘彼臣何爲不

可是特閭閻小人之語非知國家大體也彼僻陋小羌竊誘我民以益其衆乃欲以天子億兆之富而效其所爲耶譬如鄰人竊己之財己以正議責之可也豈可復竊彼之財以相報耶且聞諒祚陰蓄姦謀爲日固久招納不逞之人以爲謀主誘脅熟戶以徹中國之藩籬常有窺關中兼河東之心雖未必能然蓄縱其毒螫亦足以爲亭障之患未可以小種之羌爲辭弱之人待之也國家比遭大憂帑藏空竭關中之民自經西事以來仍甚饑饉財力彫弊熟戶屢經殺掠亡失太半縱其在者亦懷二心非復得如景祐寶元之時也當此之際陛下深詔邊吏敦信誓保分界嚴守備明斥候以待之猶懼諒祚狼子野心不識恩義

乘我釁隙侵噬疆埸又况彼不動而擾之不來而召之乎臣又聞虜中間諜所在甚多中國動靜毫髮皆知其嵬側自程戡在鄜延時已有聲聞去欲歸降自是至今已經數年朝廷屢召邊臣與之謀議外人往往知之亦有邸吏傳報四方安有虜中獨不覺寤寂然無事曾無誅討之意乎臣竊疑其內挾詐謀未可信也或者諒祚又懷逆計以朝廷待之恩禮優厚無因而發故遣其部將詐降以卜之若朝廷受之則歸曲而責直得以爲背叛之名或者使其部將詐言勢孤力微不能獨制諒祚乞朝廷遣將出師爲助而陰設伏兵以徼大利此二者皆未可知也若万一有之則今日受之正墮其計中矣縱使嵬側實有降心蓋

亦私有怨恨或别負罪惡反側不安欲倚大國之威以逼其主其所部之民未必肯盡從也雖其自言權勢之强甲兵之盛有謀善戰爲民所附盖欲自誇以求售耳未必然也借令實能舉兵以諒祚爲敵戰而勝之則是滅一諒祚生一諒祚也若其不勝必引其餘衆南奔中國諒祚悉其境内之兵以追之怒氣直辭長驅入塞當是之時非口舌文移所能解也且恐朝廷不惟失信於諒祚又將失信於嚷側也若嚷側餘衆無幾猶可以縛而送之以緩諒祚之兵然形迹已露諒祚必叛無疑也若嚷側餘衆尚多還北不可入南不受窮無所歸必不肯如山遇束手就死將突據邊城以救其命更爲中國之患未有涯也陛下不

見侯景之事乎臣聞羽翼未成不可以高飛近者未怗不可以來遠自堯舜禹湯文武之王下至齊桓晉文之霸皆未有不先治其內而能修於外者也故孔子曰善人教民七年亦可以即戎矣又曰不教民戰是謂弃之今陛下新即大位尚未逾年朝廷之政未盡修也封域之中未盡治也內郡無一年之蓄左帑無累月之財民間貧困十室九空小有水旱即化爲流殍承平日久戎事不講將帥乏人士卒驕惰上下姑息有如兒戲敎閱稍頻則愠懟怨望給賜小稽則揚言不遜被甲行數十里則喘不進過鄉邑小盜則望塵奔北此乃衆人所共知非臣敢爲欺罔兵法曰知彼知己百戰不殆不知彼知己一勝一負不知彼

不知己每戰必殆陛下視今天下如此而欲謀境外之事起兵革之端挑陸梁之虜冀難立之功此且所謂寒心若也爲今之計莫若收拔賢俊隨才受任以舉百職有功則賞有罪必罰以修庶政慎擇監司澄清守令以安百姓屏絶浮費沙汰冗食以實倉庫詢訪智略察武勇以選將帥申明階級翦戮桀黠以立軍法料簡驍鋭罷去羸老以練士卒完整犀利變更苦窳以精器械俟百職既舉庶政既修百姓既安倉庫既實將帥既選軍法既立士卒既練器械既精然後惟陛下之所欲爲復靈夏取瓜沙平幽薊收蔚朔無不可也今八者未有其一而欲納邊吏之狂謀信黠虜之詭詐且恐不能得其降者數百而虜騎大至

覆軍殺將邊城晝閉朝野乃爲之宵衣旰食焦心勞
思興兵運財以救其急使天下愁困如康定慶曆之
時已而卒無可柰何然後忍恥以招之卑辭以諭之
尊其名以悦之增其賂以求之其爲損也不亦多乎
斯乃國家之大事安危所繫非特邊境之憂而已願
陛下深留聖思勿爲後悔乃天下之福也彼進謀者
皆非實能爲國家斬將搴旗拓土闢境建衛霍甘陳
之功也但以利口長舌虛辭大言一時誑惑聖聰欲
盜陛下之官職耳它日國家有患不顧其憂是豈可
哉凡邊有事將帥遷官士卒受賞無事則上下寂寂
無因徼倖此乃人臣之利陛下不可不察也臣某昧
死再拜上疏

再言横山上殿劄子

臣近曾上言趙諒祚即今稱臣奉貢朝廷納其叛臣以興邊事未審聖慮爲如何臣之所言非諒祚無罪不可討也又非能保其不叛也但以國家今日内政未修不可遽謀外事故也伏望陛下察臣所言八事舉百職脩廢政安百姓實倉庫選將帥立軍法練士卒精器械然後觀四夷之釁乱者取之士者侮之何患不能復大禹之故迹雪祖宗之宿憤也

增廣司馬溫公全集卷四十六

奏議

論召陝西邊臣

乞下令陝西義勇戍邊及刺充正兵

乞留諸州屯兵

乞罷將官

乞罷將官劄子

論召陝西邊臣劄子

臣昨任御史中丞日聞國家招納夏国降民曾上言方今百職未舉庶政未脩百姓未安倉庫未實將帥未選軍法未立士卒未練器械未精八事不完不可

興兵智慮迂踈不合聖心俄而种諤等起綏州之役楊定爲夏虜所殺陜西騷然困於餽戍　朝廷悔前人之失故誘降种諤以謝夏虜再三招撫方得其稱臣奉表復遵舊約　朝廷特遣使者以誓詔冊命及金帛雜物賜之尚未返命今竊聞　陛下復詔种諤等詣闕引對不知　陛下欲何所興爲中外聞者無不寒心夫布衣不守信義猶見輕於鄉黨况王者臨御四夷當叛則威之服則懷之信義之明皎如日月若戎狄幸而臣服無故擾之及其背誕則從而嫗煦之得其臣服又從而擾之其於信義威懷如何哉国家以信義臣畜戎狄百有餘年前日种諤等舉而弃之興兵掩其不備以邀一時之功僅能得不食之地百

餘皆飢虜方餘人耳今地則歸之虜庭民則逃散略盡朝廷有何所得而發兵守衛轉粟饋餉公私之費以鉅萬計其爲失策豈不昭然今瘡痍未復憂患未弭臣前所言八事一無所修虜疑忌中國警備已嚴怨毒之心蓄而未發諒等爲欲復爲前日所爲臣見其無復綏州之功而必有大敗覆没之事兵連禍結不可救解公私困竭盜賊將生此乃社稷之憂非獨邊鄙之患也孔子曰過而不改是謂過矣伏望陛下留神深念至于再三當先修内政未可輕議用兵實天下幸甚取進止

乞不令陝西義勇戍邊及刺充正兵

臣先任諫官日伏見國家揀刺陝西義勇臣累曾論

以爲徒使百姓愁苦無益於用近聞環慶路用義勇與西賊戰鬭望風奔潰死傷甚多致主將陷没此義勇不可用之明驗也臣竊聞議者猶欲教勸義勇以抗西賊若止令州縣教閱守護鄉土猶於人情不至大擾若發以戍邊或如慶曆中刺爲正兵則衆人覩環慶之敗譬如無罪往就死地恐於人情大不安國家既重賦斂以重其財又逼之戰鬭以絶其命是驅良民使爲賊盜也彼爲官軍則惜生故望風退走彼爲賊盜則必死自可以一敵百臣恐今日教之挽射擊刺乃它日爲盜之資也廟堂之議臣所不得知万一有之詔下之日臣論列不及況當遠離朝廷故不得不先事而言也取進止

乞留諸州屯兵劄子

臣奉勑充永興軍一路兵馬都總管安撫使臣切聞本路十州屯駐禁軍至少大率皆是緣邊就粮兵士常時分爲上下番有一半在逐州或遇邊上稍有警急則並皆抽去逐州並無守扎兵士臣竊惟天下事不可忽必須思患預防戎狄犯邊雖當竭力扞禦然腹内州軍豈可全無武備況逐州皆有軍資甲仗市邑居民万一犬羊奔突間諜内應或盜賊乘虛姦人竊發其本州守官吏手下無兵雖有智勇將安所施臣愚以爲逐州各宜添一指揮禁軍屯駐内永興軍爲關中根本宜添兩指揮若朝廷別無兵士可以差撥只乞於緣邊就粮兵士依此數目撥留在逐州充

駐邊上更不得勾抽所貴緩急不至失備取進止

乞罷將官

伏以州縣者百姓之根本長吏者州縣之根本根本危則枝葉何以得安故自古以來凡置州郡必嚴其武備設長吏必盛其侍衛非以重其權驕其人也乃所以安百姓衛朝廷也秦懲周室幹弱枝強之弊既滅六國以爲天下不復用兵雖分三十六郡置郡守吏以御史監之隳名城銷兵器束以苛法舉動施爲皆不得自專是以陳勝吴廣以匹夫奮臂大呼郡縣莫能制多殺長吏以應之雖由其殘虐取亡亦守令無權無兵之所致也晉武帝平吴亦以爲天下既一兵無所用悉去州郡兵陶璜山濤皆言州郡武備不可

廢帝不聽又永寧以後盜賊群起州縣無備不能擒制天下遂大乱夫兵者所以威不軌而昭文德誰能去兵州縣無虞則國家安矣州縣不守則國家危矣臣竊見國朝已来置摠管鈐轄都監監押爲將帥之官凡州縣有兵馬者長吏未嘗不兼同管轄蓋知州即一州之將知縣即一縣之將故也先帝欲征伐四夷患諸州兵不精勤訓練士卒解弛於是有建議者請分河北陝西河東京西等諸路軍若干人爲將別置將官使之專切訓練其逐州總管以下及知州知縣皆不得關預及有差使量留羸弱下軍及剩員以充本州官白直及諸般差遣其餘禁軍皆制在將官專事教閱臣愚以爲職事修舉在於擇人不在

設官苟得其人雖總管等皆能訓練士卒不得其人雖將官亦何所爲況今之將官即曏之時爲總管等也豈爲總管等則不能舉職爲將官乃能舉職乎此徒變易其名無益事實非惟無益兼復有害凡設官分職當上下相維如身之使臂臂之使指紀綱乃立今爲州縣之吏及總管等而於所部士卒有不相統攝不得差使殆如路人者至於倉庫守宿街市巡邏亦皆乏人雖於條許差將下兵士而州縣不得直差須牒將官將官往往占護不肯差撥万一有非常之變非縣長吏何以號令其衆制禦姦宄哉又頃歲以來自轉運使知州以下白直及迎送之人日朘月減出入導從太爲蕭條供承荷擔有所不給觀望削弱無

以威服吏民臣略舉目覩一事以證其餘西京城郭周數十里郛薄頹缺犬豕可踰又瀍洛一水交貫其中每夜諸門扃鐍雖嚴而灘流之際人皆可以平行往来其屬水南北巡檢下所管兵士除出軍外數不多通判以下諸官白直来往防送倉庫守宿街市巡邏盡出其間鄉者先帝不豫勑西京留守親詣嵩山起建道塲其將下禁軍充白直者於條皆不得出城經宿所敢留者剩負七八人而已西京天子别都也其禦不固如此留守前宰相重官也其侍衛單寡如此況僻小州縣其守禦之備侍衛之衆可知矣万一有凶狡之賊駈烏合之衆突出城邑或劫質戕賊長吏以焚燒廬舍殺掠吏民將何以制之哉此特天下

太平之久習俗淳厚群心安固賊不測虛實膽智怯弱故未敢為之耳豈可忽略謂之必無而不為之備哉今獨緣邊州軍城隍完固士卒衆多可以守禦自餘腹内州縣既無深溝高城又乏士卒盜賊猝至何以責其竭節守義不棄城竄匿或以酒食迎賊以甲兵齎賊歛民財以賂賊者乎群盜尚爾況戎狄傾國大舉長驅而來者哉易曰君子安而不忘危存而不忘亡治而不忘乱兵法曰不恃敵之不我犯恃我之不可犯國家豈可恃即日平寧晏然高枕不以為慮謂其必不敢来乎臣愚以謂河北陝西河東京西等路腹内州縣宜以漸候豐年農閑之際委提點刑獄與本處長吏相度各脩築治之城州城稍高縣城次

之不必廣大所以然者高則難踰小則易守故也其緣邊屯駐兵士遇春夏無事之際委經略安撫使與轉運使公共商議量減放歸住營州軍或於內地就糧勿聽怯懦將帥多有虛占以自守衛其腹內州軍量其大小緊慢大藩常留千餘人小州亦留數百人不得差撥往別州軍見兵不足即行招添悉罷將官其逐州縣禁軍並委長吏總管等同提舉教閱及諸多差使其有不能精勤致士卒懈弛者委提點刑獄常切按察聞奏嚴行責降仍令逐州各選有勇力武藝之人充弓手以守衛地邑討捕盜賊其州縣吏所給白直迎送之人皆如嘉祐編勑以前之數如此力可以守然後遇寇之至責其守城等罪而誅之彼亦

甘心矣

乞罷將官劄子

臣於去年四月二十七日曾上言州縣者百姓之根本長吏者州縣之根本危則枝葉何以得安自古以來置州郡必嚴其武備設長吏必盛其侍衛所以安百姓衛朝廷也秦滅六國以爲兵不復用雖置郡守而以御史監之墮名城銷鋒鏑故陳勝吴廣起而郡縣不能制國隨以亡晉武帝平吴悉罷州郡兵陶璜山濤皆言州縣武備不可廢及永寧以後盗賊群起州縣無備天下遂大乱國朝置總管鈐轄都監監押爲將帥之官凡州縣兵馬都監者皆其長吏未嘗不同管轄盖知州則一州之將知縣則一縣之將也熙

寧中謀臣建議分上下禁軍每數千爲一將別置將
官以領之訓練差使抽那一出其手其逐州總管以
下及知州知縣皆不得關預量留羸弱下軍及剩員
以充本州白直及諸般差使而已凡設官分職當上
下相維如身之使臂臂之使指紀綱乃立今爲州縣
長官及總管等官而於所部士卒有不相統攝殆如
路人者至於倉庫守宿街市巡邏亦皆乏人雖於條
有許差將下兵士者而州縣不得直差須牒將官將
官往往占護不肯差撥万一有非常之變州縣長吏
何以號令其衆制禦姦宄哉臣自觀前宰相西京留
守韓絳謁嵩山起建道場其將下禁軍充白直者於
條不得出城徑而所敢留者剩員七八人而又況祥

小州縣其守禦之備、侍衛之衆可知矣。臣當時乞並罷將官，其逐州禁軍並委長吏與總管等官同其提舉教閲，及諸多差使，其州縣長吏所給白直皆如嘉祐編勑以前之數。自以上此文字後，来不聞朝廷有所施行。竊見近歲諸處闕少雨澤，盜賊頗多，州縣令無武備，長吏侍衛單寡，禁軍盡屬將官，多與長吏亢衡，長吏勢必遠出其下。万一有如李順、王倫攻城陷邑之寇，如王均、王則竊發肘腋之變，豈不爲朝廷旰食之憂耶？王者制治於未亂，保邦於未危，豈可自恃太平之久，謂必無此等事耶？又自祖宗以来，諸軍少曾在營，常分番往緣邊及諸路屯駐駐泊，蓋欲使之均勞逸，知艱難，識戰鬭，習山川。自置將官以来，昔非有所征討全將起發與將官偕行外其餘常在本營不復分番屯駐駐泊飽食安坐養成驕墮之性歲月滋久恐不可復用又每將下各有部隊將往備差遣指揮使之類一二十人而諸州總管鈐轄都監監押貟數亦如舊設官重復虛費廩禄凡將官之設有害無利天下曉軍政者莫不知之臣愚伏望　朝廷如臣前奏盡罷諸路將官其禁軍各委本州縣長吏與總管鈐轄都監監押等管轄一如未置將官以前之法其諸軍兵馬全少不足守禦之處量與立額招添其守禦有備而寇賊之發不能式遏或弃城逃避或率吏民迎賊或斂民財賂賊雖責之以死彼亦甘心[illegible][illegible]居鞠從且不能備一旦寇至責以死節不亦

雜著

增廣司馬温公全集卷四十七

奏議

言御臣

進呈上官均乞尚省事類分輕重

乞合兩省爲一

乞令三省諸司無條方用例

乞令六曹官送達

乞令六曹刪改條貫

乞不貸強盜

乞不貸故殺鬬殺

言御臣上殿劄子 得旨送中書

臣聞致治之道無它在三而已一曰任官二曰信賞三曰必罰康誥稱文王之德曰庸庸祗祗威威顯民言用其可用祗其可祗刑其可刑也臣竊見國家所以御群臣之道累日月以進秩循資序而授任苟日月積久則不擇其人之愚賢而寘高位資塗相值則不問其人之能否而居重職夫人之材性各有所宜而官之職業各有所守自古得賢之盛莫若唐虞之際稷降播種益主山川垂共工龍作納言契敷五教皋陶明刑伯夷典禮后夔典樂皆各守一官終身不易苟使之更來迭去易地而居未必能盡善也今以群臣之材固非八人之比迺使之遍居八人之官遠者三年近者數月輒已易去如此而望職事之修功

業之成必不可得也非特如是而已設有勤恪之臣悉心致力以治其職群情未洽績效未著在上者疑之同列者疾之在下者怨之當是時朝廷或以衆言而罰之則勤恪者無不解體矣姦邪之臣衒奇以譁衆養交以市譽居官未久聲聞四達蓄惡積弊以遺後人當是之時朝廷或以衆言而賞之則姦邪者無不爭進矣所以然者其失在於國家采名不采實誅文不誅意夫以名行賞則天下飾名以求功以文行罰則天下巧文以逃罪如是則爲善者未必賞爲惡者未必誅此陛下所以南面孜孜夙夜求治歷載甚久而太平未効者也陛下誠能愽選在位之士不問其始所以進及資序所當爲使有德行者掌教化有

文學者待顧問有政術者爲守長有勇略者爲將帥明於禮者典禮明於法者主法下至醫卜百工皆度材而授任量能而施職有功則增秩加賞而勿徙其官無功則降黜廢棄而更求能者有罪則流竄刑誅而勿加寬貸如是而朝廷不尊万事不治百姓不安四夷不服臣請伏罔欺之誅凡臣所言皆陛下耳所厭聞心所素知然致治之要無以易此知之非艱行之惟艱陛下力行何如耳敢昧死陳瞽言惟 陛下裁擇

進呈上官均奏乞尚書省事類分輕重

今欲乞應尚書省事舊有條例事不至大者並委六曹長官一面專決應奏上者奏上應行下者行下其有

衝改條貫或應臨時特取旨及事體大非六曹所能專決者即申都省委僕射左右丞同商量或送中書取旨或直批判指揮所有都省常程文字並只委左右丞一面批判施行事體稍大及有所疑者方與僕射商量同批判所是諸色人辭狀只委左右丞一面收接可留即留可退即退若六曹判斷不當及住滞不決即別委不干礙官定奪是非及根究住滞因依若顯有不當及無故住滞其本曹官吏即行按劾所貴上下相承各有職分行遣簡徑事務辦集

乞合兩省爲一劄子

臣等聞三王不相襲禮五帝不相沿樂況國家設官分職張立治具上下相維修飾明備何所愧於漢唐

何必事事循其陳迹而失當今之宜也謹按西漢以丞相總百官而九卿分治天下之事光武中興身親庶務事歸臺閣尚書始重而西漢公卿稍已失職矣及魏武佐漢初建魏國置秘書令典尚書奏事文帝受禪改秘書爲中書有令有監而亦不廢尚書然中書親近而尚書疏矣東晉以後天子以侍中常在左右多與之議政事不得專任中書於是有門下而中書權始分矣降及南北朝大抵皆循此制唐初始合中書門下之職故有同中書門下三品同中書門下平章事其後又置政事堂蓋以中書出詔令門下掌封駁日有爭論紛紜不決故使兩省先於政事堂議定然後聞奏開元中張説奏改政事堂爲中書門下

自是相承至于國朝莫之能改非不欲分也理勢不可復分也鄉日所謂中書者乃中書門下政事堂也唐末諸司使皆内臣領之樞密使參預朝政始與宰相分權矣降及五代改用士人樞密使皆天子腹心之臣日與議軍國大事其權重於宰相太祖受命以宰相專主文事參知政事佐之樞密使專掌武事副使佐之自是以來百有餘年官師相承中外安帖百司長官及諸路監司諸州長吏皆得專達或申奏朝廷或止申中書樞密院事大則中書樞密院進呈取旨降勑劄宣命指揮事小則批狀直下本司本路本州本人故文書簡而事速神宗皇帝以唐自中葉以後官職紊亂欲革而正之誠爲至當

然但當今日之事宜考前世之繁誤刪去重複去其冗長必有此事乃置此官不必一一依唐之六典分中書爲三省令中書只自門下覆奏尚書施行凡內降文書及諸處所上奏狀申狀並門下中書省者大率皆送尚書省尚書省下六曹六曹付諸按勘會檢尋文書會問事節近則寺監遠則州縣一切齊足然後相度事理定奪歸著申尚書省送中書取旨中書既得旨送門下省覆奏畫可然後翻錄下尚書省尚書省復下六曹方符下諸處以此之字繁冗行遣迂回近者數月遠者踰年未能結絕或四方急奏待報或吏民詞訟求決皆困於留滯及本置門下省欲以封駁中書省錄黄樞密院錄白恐有未當若令舉職則

須日有駮正爭論紛紜執政大臣遂成不協故自置門下省以來駮議甚少又門下不得直取旨行下雖有駮議必須却送中書出旨中書或不捨前見復行改易文内批文字及諸處奏請多降付三司同共進呈則門下之官已經商量奏後若有駮正則為返復又近日中書文字有急速者往往更不送門下省然則門下一官殆為虚設徒使吏員倍多文書繁冗無益於事臣等今衆共商量欲乞依舊令中書門下通同職業以都堂為政事堂每有政事差除及臺諫官章奏已有聖旨三省同進呈外其餘並令中書門下官同共商量簽書施行事大則進呈取旨降勑劄事小則直批狀指揮一如舊日中書門下故事併兩省

十二房吏人爲六房同共點檢鈔狀行遣文書若有溢員除揀選留住外並特與減三等出職不及三年應出職者與減磨勘年限若政事有差失委給事中封駮差除有不當委中書舍人封還詞頭又兩省諫官皆得論列則號令之出亦不 爲不審慎矣如此則政事歸一吏員不冗文書不繁行遣徑直於先帝所建之官並無所變更但於職業微有修改欲令於事務時宜差爲簡便其委曲條目並須得旨允許詳議修立取進止

乞令三省諸司無條方用例白劄子

勘會舊例只是前官所行或是或非豈足爲後世承法近歲三省及百司多用例破條諸色人亦多於條

外攀援體例希求恩澤欲令今後凡有正條若並須依條無條方許用例前例若是所當遵行前例若非即宜釐革只委本省六曹本司從長相度理道與奪批判所貴向去漸除弊例

乞令六曹官專達

臣聞王者設官分職居上者所總多故治其大要居下者所治小故治其詳細此理勢之自然綱紀所由立也是以周官小宰以官府之六屬舉邦治大事則從其長小事則專達凡宰相上則啓沃人主論道經邦中則選用百官賞功罰罪下則阜安百姓興除利害乃其職也至於簿領之差失期會之稽違獄訟之曲直胥吏之遷補皆郎吏之任非宰相所宜親也古

人所言察自睫，若不能見百步，察百步者亦不能見睫。言詳於近者必略於遠，謹於細者必遺於大也。今尚書省事無大小皆決於僕射，僕射自朝至暮省覽文書，受接詞狀，未嘗暫息，精力疲弊於米鹽細故，其於經國之大體、安民之遠猷，不暇復究觀。事之小者豈可不令專達？臣等商量，欲乞今後凡有詔令降付尚書省者，僕射及左右丞簽訖，官誥書牒之類已簽訖者更不簽。分付六曹謄印符下諸司及諸路諸州施行。其臣民所上文字降付尚書省，僕射、左右丞簽訖，亦分付六曹。本曹尚書侍郎及本廳郎官次第簽訖，委本廳郎官討尋公案，會問事節，相度理道，擬詳條貫，下筆判云「今欲如何施行」，次第通呈侍郎、尚書。若郎官所判已得允當則侍郎簽過尚書判準應奏上者直奏上應行下者直行下即未得允當者即委侍郎尚書改判事之可否皆吏於本曹長官其文字分付本廳郎官之時委本曹長官隨事大小鑿限若有稽違即行糾劾即委的有事故結絶未得者申長官展吏部尚書如舊日判東西審官院左選侍郎如舊日判流內銓右選侍郎如舊日判三班院戶部長官如舊日三司使刑部長官如舊日判審刑院舊日本司文字並直下令欲六曹長官准此更不經由僕射左右丞即改更條法或奏乞特旨謂如刑部刑名疑慮或情理可閔或情重法輕持乞得旨編配之類准此或事體稍大或禮有可疑非六曹所能專決者聽詣僕射左右丞咨白或具狀申都省委僕射左右丞商議或小毀取旨或頭簽箚子奏聞或入熟狀或直批判指揮其諸色人箚狀並以令經本曹長官陳過尚書侍郎本廳郎官次第簽

批判決一如朝廷降下臣民所上文字次第施行若六曹不為收接及久不結絶或判斷不當即令經登聞鼓院進狀降下尚書省委僕射左右丞判付本省不干礙官員看詳定奪若本曹顯有不當即行糾劾所貴上下相承各有職分行遣簡徑事務易集取進止

乞令六曹刪改條貫白劄子　得旨依

勘會近歲法令尤為繁多凡法貴簡要令貴必行則官吏易為檢詳咸知畏避近據中書門下後省修成尚書六曹條貫共計三千六百九十四冊寺監在外又據編脩諸司勑式所申修到勑令格式一千餘卷冊雖有官吏強力勤敏者恐不能遍觀而詳覽況於備記而必行之其間條目苛密抵梧難行者不可勝

（第八葉原闕）

旨之道其趙倩等欲乞並令本州依法處死仍乞立
法自今後天下州軍勘到强盗情理無可愍刑名無
疑慮輙敢奏聞者並令刑部舉駁重行朝典更不似
日前用例破條

乞不貸故鬭殺箚子

竊惟王者所以治天下惟在法令凡殺人者死自有
刑法以来百世莫之或改若殺人不死傷人者不刑
雖堯舜不能致治也近見刑部奏鈔泰寧軍勘到保
正家人妾齊見本都内名大保保長張存捽着吕姓孫
遇其孫遇捽着袁貴結手張存道此人稱是東嶽急
脚子胡亂打人不服收領齊捽孫遇遮攔打三十二
拳解劈放却袁貴齊與張存捽到孫遇等行拳踢打

孫遇身死齊發心共張有捉縛袁貴虛被打殺元相爭人申解赴縣替得償命其袁貴到縣不肯招齊蒙枷項隔勘方具實招通又懷州勘到百姓魏簡與郭興爭賭錢拽倒郭興父郭昇拽著簡使頭撞簡簡爲本人年老便道你不是我抵對休擠著我待推搭郭昇圖放却簡用力去郭昇咽喉上搭搭其人當下倒地身死又燿州勘到百姓張志松爲再從弟張小六究執稱呪罵堂兄弟男侍志松乘酒嗔恨張小六因此行拳打張小六當時身死上件三人於條皆合處死本州並作情理可憫奏裁燿州仍稱張志松本無殺意刑部一切檢擬遂特貸命决脊杖二十刺配斷所牢城竊詳孫遇不合詐稱東嶽急脚子胡亂打

人鎖匙罪人然罪不至死其妻齊既解擘放袁貴即合中起官依法施行其孫遇别更不曾拒捍及走兼已就拘執豈可更捽倒毆擊直至於死又更誣執被苦人袁貴作殺人賊欲令替自己償命如此情理有何可憫其魏簡爲鄧智外年老不欲捆打却用力去本人咽喉上一搯至死豈不更甚於毆打人張志松只爲張小六冤執呪罵事理致輕遂毆本人致死並是鬬殺於情理皆無可憫凡人因忿相爭遂相毆擊其意豈皆在於殺但一人於古限内死則彼一人須當償命況此三人皆即時毆殺當死無疑止是遂州避見失入罪名妄作情理可憫或刑名疑慮奏裁刑部即引舊例一切貸命若因循不改爲弊甚大所以然

者從來律令勑式有該說不盡之事有司無以處決引例行之今鬬殺當死自有正條而刑部不問可憫與否承例盡免死決配作奏鈔施行是殺人者不死其鬬殺律條更無所用也故殺人者雖荷寬恩其被殺者何所告訴非所禁制兇暴保安良善也欲乞今後應諸州所奏大辟罪人並委大理司依法定斷如情理無可憫其刑名無疑慮即仰刑部退回本州令依法施行如委實有可憫及疑慮即仰刑部於奏鈔後別用貼黃聲說情理如何可憫刑名如何疑慮令擬如何施行令門下省審如所擬委得允當則用繳狀進入施行如有不當及用例破條即仰門下省駁奏乞行取勘廢使畫一之法不至隳壞兇暴之人有

所畏憚其姜齊等緣係未立法以前今欲先
次進入

增廣司馬溫公全集卷第四十七

卷四十八（原闕）

卷四十九（原闕）

卷五十（原闕）

卷五十一（原闕）

卷五十二（原闕）

卷五十三（原闕）

增廣司馬温公全集卷五十四

奏議

乞建儲上殿劄子

乞建儲上殿第二劄子

乞令皇太子伴讀官提舉皇子左右人劄子

乞召皇姪就職劄子

勑除中丞上殿劄子

乞罷詳定宰臣押班劄子

乞建儲上殿劄子

臣先於至和三年通判并州日三曾上言乞　陛下早定繼嗣以遏亂源當是之時臣疏遠在外猶不敢

隱忠愛死數陳社稷至計況今日侍　陛下左右官以諫諍爲名切惟國家至大至急之務無先於此若捨而不言專以冗細之事煩瀆　聖聽曠塞職業是臣懷姦以事　陛下罪不容於菹醢伏望　陛下取臣向日所進三狀少加省察或有可取則斷自　聖志早賜施行如此則天地神祇宗廟社稷群臣百姓並受其福惟在　陛下一言而已取進止

乞建儲上殿第二劄子

臣近於前月二十六日上殿敷奏乞撿會臣并州所奏三狀早定繼嗣事　陛下聖意昭然即垂聽納凡所宜諭皆非愚臣所能及乃天地神祇保祐皇家實萬世無疆之休也臣所能言　陛下朝夕當發德音

宣告大臣施行其事今將近一月未有所聞豈陛
下以茲事躰大慎選宗室未得其人將左右之人有
所問沮熒惑 聖聽臣昔不得而知也臣聞為之後
者為之子也著於禮律皆有明文漢孝成帝即位二
十五年四十五矣未有繼嗣立弟子定陶王欣為太
子今 陛下即位之年及春秋皆以過之豈可不為
宗廟社稷深思遠慮哉其今亦未使之正東宫之名但
願 陛下自擇宗室仁孝聰明者養以為子官爵居
處稍異於衆人天下之人皆知 陛下意有所屬以
係遠近之心矣它日 皇子生復使之退歸藩邸有
何所傷此繫天下安危之本願 陛下决意而速行
之取進止

乞令皇子伴讀官提舉皇子左右人劄子

臣伏見 陛下差直史館王陶充 皇子伴讀秘閣校理孫思恭充 本位説書此誠 國家首務聖哲之遠圖然臣聞三代之王置師傅保以教其子又置三少與之燕居至於左右前後侍御僕從之人皆選孝悌端良之士逐去邪人無得在側使之日見正事聞正言然後道明而德成心諭而躬安澤被於民功流萬世此教之所以爲益也今陶等雖爲 皇子官屬若不日日得見或見而遽退語言不給志意不通未肯與之論經術之精微辨人情之邪正究義理之是非考行己之得失教者止於供職學者止於備禮而左右前後侍御僕從或有佞邪讒巧之人雜處其間

出入起居朝夕相近誘之以非禮導之以不義納之以諂諛濟之以詐僞雖　皇子資性聰明端慤難移然親近易習積久易遷諂諛易入詐僞易惑如此則雖有碩儒端士爲之師傅終無益也臣聞孟子曰雖有天下易生之物一日暴之十日寒之未有能生者也吾見亦罕矣吾退而寒之者至矣又曰一齊人傅之衆楚人咻之雖日撻而求其齊言不可得也臣愚伏望　陛下多置　皇子官屬博選天下有學行士以充之使每日在　皇子位與　皇子居處燕遊講論道義贊善抑惡輔成懿德其左右前後侍御僕從亦皆選小心端慤之人使所屬官司結罪保明然後得入仍專委伴讀官提舉覺察若有邪佞讒巧之

人誘導皇子爲非禮之事者委伴讀官提舉施行即時斥逐不令在側若　皇子自有過失再三規誨不從者亦聽以聞如此則必進德修業日就月將善人益親邪人益疎誠天下之幸也大理評事趙彦若孝友温良謹慤正固博聞強記難進易退國子監直講李寔好學有文修身慎行秘閣校理孟恂清純愷悌始終如一此臣之所知也伏望　陛下擇此三人及廣求其比以備　皇子官屬臣推心盡忠不敢形迹僭越妄言伏俟譴謫取進止

乞召皇姪就職上殿劄子

臣伏見　陛下以皇姪某知宗正寺某辭讓多日不肯就職　陛下兩次差使臣召令受勑中外之人無

不欣悅以爲非　陛下叡智聰明深謀遠慮斷自聖
志確然不惑何以及此夫王者以大庇生民爲仁安
固基業爲孝仁孝之道莫大於此今　陛下一舉而
兩有之天下聞之安得不喜又爵祿者人之所貪往
往校量絲毫干求爭訟不顧廉恥今某人特授　陛下
簡拔恩寵殊異而以藥爲懼辭讓懇切首尾十日尚
未受詔其智識操行亦賢於人益足彰　陛下知人
之明此天下所以允喜也然　陛下之於某人屬則父
也尊則君也在禮父召無諾唯而起君命召不俟駕
今　陛下兩遣使者召之某人雖不受恩命亦當入見
面自陳述豈可在家堅臥不起臣愚伏望　陛下更
遣近臣傳　聖意責以禮法彼宜不敢不來來則

陛下面加敦諭使知聖心懇惻發於至誠彼宜不敢不受如此則　陛下仁孝之德純粹本末如一無以復加此皆　陛下即今所行而臣復區區進言者誠欲　陛下守之益堅行之不倦也取進止

初除中丞上殿劄子

臣聞澄其源則流清固其本則末茂臣蒙　陛下聖恩拔於衆臣之中委以風憲天下細小之事皆未足爲　陛下言之敢先以人君修心治國之要爲言此誠太平之原本也臣聞修心之要有三一曰仁二曰明三曰武仁者非嫗喣姑息之謂也修政治興教化育万物養百姓此人君之仁也明者非煩苛伺察之謂也知道義識安危別賢愚辨是非此人君之明也武者非

強亢暴戾之謂也惟道所在斷之不疑姦不能惑佞不能移此人君之武也故仁而不明猶有良田而不能耕也明而不武猶爱苗之穢而不能耘也武而不仁猶知穫而不知種也三者兼備則國治强闕一焉則衰闕二焉則危三者無一焉則亡自生民以來未知或改也治國之要亦有三一曰官人二曰信賞三曰必罰夫人之才性各有所長官之職業各有所守自古得人之盛莫若唐虞之際然稷契皐陶垂益伯夷夔龍各守一官終身不易苟使之更來迭去易地而居未必能盡善也故人主誠能收採天下之英俊隨其所長而用之有功者勸之以重賞有罪者威之以嚴刑譬如乘輕車馭駿馬總其六轡奮其鞭策何

往而不可至哉昔 仁宗皇帝之時臣初為諫官得上殿首曾敷奏此語 先皇帝時臣曾進歷年圖又以此語載之後序今遭遇 陛下始初清明之政虛心下問之際臣復以此語為先者誠以臣平生力學所得至精至要盡在於是願 陛下勿以為迂闊試加審察若果無可取則臣無所用於聖世矣

乞罷詳定宰臣押班劄子

臣切聞臺官復有文字乞下禮官詳定合與不合押班臣聞王者設官分職譬猶一躰以宰相為股肱以臺諫為耳目固當同心協力以佐元首若各分彼我互爭勝負欲求其身之安何由可得近者御史中丞王陶請宰相依舊制赴文德殿押班宰相若從其所

請豈有後來紛紜乃堅執不行迭相激發遂致王陶語言過差今王陶就補外官宰相已赴押班臣謂朝廷可以無事矣而宰臣復有此奏万一禮官有希旨迎合者以爲宰相不合押班臺司默然而不言則朝廷之儀遂成隳廢欲辨論是非則與前日之事有何所異是鬬訟之端無時休息也　陛下新即大位四方之人舉首傾耳以觀大化而　朝廷不聞肅雍濟濟之風數有變詐分争之醜臣切為　陛下惜之況今災異屢降饑饉荐臻官多而用寡兵衆而不精冗費日滋公私困竭戎狄桀傲邊鄙無備百姓流亡盗賊將起　朝廷夙夜所憂宜以此數者為先而以餘事為後伏望　陛下特降　聖旨令宰臣依國朝

舊制押班所有下禮院文字乞更不令詳定取進止

增廣司馬温公全集卷五十五

奏議

臣聞天尊地卑道之常也而周易乾下坤上謂之泰

者言人君降心以接下人臣竭忠以事君然後上下交而其志同也若人君驕亢以自尊人臣怠慢以自疎則上下之情不通而否道成焉是以孔子語舜之德曰舜好問而好察迩言其斯以爲舜乎切見祖宗之時閑暇無事常召侍從近臣與之從容講論事至於文武朝士使臣選人凡得進見者往往召之使前親加訪問委曲詳悉無所不至所以然者一則欲使下情上通無所壅蔽二則欲知其人能否才器所任是以黜降取捨皆得其宜太平之業由此而致恭惟陛下潛德藩邸餘三十年一旦龍飛奄有四海雖聖質英睿得於天縱然與當世士大夫未甚相接民間情僞未甚盡知臣謂宜詔侍從近臣每日輪一員

直資善堂夜則宿於崇文院以備非時宣召若有故請假則與以次官互換直宿其餘群臣進見及奏事者亦望　聖慈稍解嚴重細加訪問以開廣聰明裨益大政取進止

乞延訪群臣第二劄子

臣先曾上言乞詔侍從近臣每日輪一員直資善堂夜則宿於崇文院以備非時宣召有事故請假則與以次官互換直宿以開廣聰明裨益大政至今未聞施行蓋　陛下謙謹以　皇太后同聽庶政未奉慈旨不敢擅召群臣與之議論令　皇太后盡以四海之事歸於　陛下出入起居順旨如意臣是敢重申前說乞少加采擇凡人牆之外目不見也里之前耳

不聞也而　天子奄有四海一日萬機民之憂樂事之
本末雖有聰明叡智之性若不問之於人何從知之
是以　太祖太宗雖起於側微猶日孜孜訪問群下
至於小臣卒伍亦無所間絶故能紀綱四方創業垂
統　陛下生爲帝王子孫未嘗歷試於外天下之事
豈能細知況先朝置直學士待制等職以爲侍從之
臣若使之不得朝夕在左右備顧問將安用之所有
每夜於崇文院輪宿自是舊制近年以來因循隳廢
舉而行之有何所難伏望　聖慈檢會臣前來所奏
劄子內事節特賜施行取進止

乞延訪群臣第三劄子

臣前者兩次上言乞詔侍從近臣每日輪一員直資

善堂夜則宿於崇文院以備非時宣召若有事故請假則與以次官互換直宿亦曾面奉德音云欲自以聖意宣諭政府施行此事自後至今未聞施行臣不避煩瀆天聽再三進言者盖以為國家之要在於審察人材周知下情而已審察人材之謂明周知下情之謂聰明則百官稱其職聰則万機當其理百官稱其職万機當其理治之極也賢不肖混殽之謂昏下情不上通之謂蔽昏則百職隳曠蔽則万機乖戾百職隳曠万機乖戾此乱之至也極治則安至亂則危故聰明昏蔽者治乱之大本也今　陛下即政之初厲精求治而不以此事為先欲以興隆　祖宗垂裕後昆是猶却行而求及前人也故臣不得不勤勤懇

懇為　陛下再三言之書稱堯之德曰稽于衆捨己從人稱舜之德曰賓于四門明四目達四聰故能咸熙庶績格于上下至今言聖人者無不以二帝為首何哉聰明故也二世納趙高之謀恐譴舉不當見短於大臣而深拱禁中漢靈帝惑趙忠之言謂人君登高則百姓散離而不敢登甚臺榭北齊後主志度懦不喜見朝士非私昵未嘗交語隋煬帝沉湎滛泆常在後宮盜賊滿天下恐人言之是以上下怨叛至於殺身滅國而不自知後世言無道者無不以四君為首何哉昏蔽故也　太祖太宗起於側微天下艱難民間情偽無不備知然南面之日延訪群臣惟恐不及晝日不足繼之以夜下至役夫田婦無不詢察以

盡其情用能創業垂統力致太平　陛下以帝王子
孫生長富貴朝士大夫素未相接耕織勞苦不經耳
目當茲親政之始雖孜孜下問朝夕不倦以察人情
猶恐不盡況深居九重非視朝之時不見群臣非官
位職事有例上殿無由進見顒卬淵默以嚴重自居
將使幽遠之民銜冤失職者何由上聞疎賤之臣懷
材蘊德者何由自達哉國家安危之分將於此乎在
臣是以不勝憤懣區區盡忠重爲　陛下陳之伏望
陛下察爲國之要觀唐虞所以興秦漢之所以亡斷
祖宗之志以守太平之業檢會臣前來所奏兩劄子
内事節早賜施行實天下幸甚取進止

乞延訪群臣第四劄子

臣屢曾上言乞詔侍從之臣每日輪一員直資善堂夜則崇文院宿以備非時宣召亦曾面奉德音云候秋涼當頻有宣召今已秋凉未聞有曾被召之人臣始者上言之時切見　陛下欣然開納將謂即時施行自後遷延日久　聖意漸以內外之臣必有欺惑天聽沮難此事欲　陛下常居禁中不爲羣小相接以壅蔽聰明專固權寵者此豈忠臣之所爲而　陛下之福邪臣願　陛下深察此情斷自　聖志使之更直　陛下每日聽政餘暇宮中無事之時特賜召對與之從容講論古今治體民間情偽使竭其胸臆所有而　陛下更加採擇是者取之非者捨之忠則進之邪則黜之如此則下情盡達　聖德日新矣若

以資善堂躰例稍生則學士待制於崇文院輪宿自
有舊條只乞　陛下專宣崇文院今後直宿者並須
從早在彼祗候宣召其有事故請假者須與以次官
互换直宿此事極不難行而所益甚大惟　陛下留
意取進止

乞　簡省細務不必盡關　聖覽上殿劄子

臣聞皋陶賛於舜曰元首明哉股肱良哉庶事康哉
蓋言人君明則百官得其人百官得其人則衆事無
不美也又曰元首叢脞哉股肱惰哉万事墮哉蓋言
人君細碎無大略則群臣不盡力群臣不盡力則万
事皆廢壞也此二者治乱之至要也荀子曰明主好
要闇主好詳主好要則百事詳主好詳則百事荒故

爲人君者 目有職事不當詳察細務也然則人君之職謂何曰愚以謂量材而授官一也度功而加賞二也審罪而行罰三也材有長短故官有能否功有高下故賞有厚薄罪有小大故罰有輕重此三者人君所以用心其餘皆不足言也臣伏見國家舊制有司細事如三司鞭一吏開封府補一廂鎮之類往往皆須奏聞崇政殿所引公事有軍人武藝國角林之類皆一一躬親閱視此蓋國初艱難權時之制施於今日頗傷煩碎 陛下龍興撫運 聖政惟新臣愚以爲宜令樞密院檢詳中外有司自來公事須申奏取旨及後殿所引公事其間不繫大體非人君所宜身親者悉從簡省委之有司 陛下養性安身以專

念人心之三職足以發天地之易簡致虞舜之無為
誠天下幸甚取進止

乞降黜上殿劄子

臣近曾六次進狀以言事不當乞賜降黜未蒙朝
廷施行　陛下之意蓋謂臣一言不從遽求引去大
為容易臣之愚心非敢獨為向來一事而已臣聞為
士者苟得位於朝必能獻可替否致君堯舜躋民仁
壽今臣備位諫職三年有半不能盡心竭忠以補益
明主使國家綱紀寖以隳紊百姓困窮衣食日蹙戎
狄悖慢軍旅驕惰比於臣未作諫官之時未見有分
毫之勝然則臣之不材灼然可見豈敢一不自愧耻尚
竊寵榮伏望　聖慈依臣前奏早賜降責取進止

乞罷近臣恩命上殿劄子

臣昨者上言近歲官冗賞濫兩府大臣遇 陛下即政之初宜開導 聖聰以懲革斯弊 陛下以紹續之際交聖體未安之時中外平寧為兩府之功加以厚賞則宿衛將帥宗室外戚四方邊鎮内侍近臣皆有覬望若一一稱滿其意則國家官爵賤如泥土將無以役使群臣且輔佐之臣自於朞年之間連併遷官則難以禁止他人之倖進蒙 陛下面諭臣以兩府大臣皆有大功所以遷官他人無功何敢輒望臣再三敷奏以 陛下若寢兩府恩命則是人不敢僥求若見兩府遷官則誰肯自謂無功不求名進恐至時 陛下亦不能裁抑兩府亦不能執奏當時

陛下聖意確然終不開納今兩府纔受恩命切聞入内内侍省都都知任守忠等以一例遷官臣切料向去其餘臣僚互相形比繼續遷官卒無窮盡蓋官爵者人主之利器所以驅策群臣制御四海今　陛下曾不愛容易與人至於此臣切惜之凡政令之行必自貴近爲始前者濫恩已施之於貴臣不可復収若止之於近臣猶可救之太半所有任守忠等恩命伏望　聖慈特賜追還以塞向去僥倖之路取進止

增廣司馬溫公全集卷五十六

奏議

乞施行制國用疏上殿劄子

臣近曾上疏以即令公私財用率皆窮窘專奉目前經費猶汲汲不足萬一有大水大旱饑饉相仍戎狄

侵邊盜賊群起發兵討誅不時克定倉庫已空百姓
又竭其貲蓄患不細必當早爲之謀以救斯弊乞隨材
用人使久於其任務農通商以蕃息財物節省賜予
裁損浮費又以宰相領總計使之職凡天下金帛錢
穀屬於三司者總計使皆領之歲終則校其出入之
數若入少而出多則思其所以救補之術奏而行之
常使歲餘三分之一以備饑饉軍旅非常之費其內
外錢穀官之長皆委總計使察其能否考其功狀以
奏而誅賞之此誠當今之急務伏願　陛下與公卿
大臣議定早賜施行取進止

乞節用上殿劄子

臣切見國家公私窮窘固非一日今茲復遇大災饑

内秋田蕩無孑遺倉廩儲蓄率皆敗壞府庫錢帛散用將盡必恐今冬饑饉甚於去年軍民嗷嗷無以賑救経費不足重以郊礼此乃國用危急之時不可不早以爲憂今取之於内帑則内帑已虚收之於外方則外方已盡斂之於下民則下民已竭不知　朝廷將何以爲計臣愚以爲若非　陛下側身克己痛自節約則無以應荅天意感慰民心使昏墊者忘其悲愁餓死者無所怨嗟也臣聞節用之道必自近始伏望上自乘輿服御之物下至親王公主婚嫁之具悉加裁損務從儉薄勿使主者以舊例爲言出六宫冗食之人使之從便罷後苑文思院所造淫巧服玩止諸處不急之役然後命有司考求在外凡百浮費之

事皆一切除去群臣非有顯然功効益國利民者勿濫加賞賜將來南郊自非犧牲玉帛供神之物其餘青城儀仗之類止於奉車駕備外飾者亦令有司與礼官同共參詳減省臣聞國有凶荒則殺礼事天者貴於内誠而賤外物是故器用陶匏席用藁秸况於青城儀仗之類何爲不可減乎凡此數者唯在聖慈斷而行之固不可與庸俗之人執文泥例者謀之也取進止

乞裁決機務上殿劄子

臣聞王者惟作命不言臣下罔攸稟令陛下以明德令望龍飛受命四海之内延頸傾耳渴聞聖政自踐阼以来於今五月而陛下深執謙沖端拱淵

默群臣奏事一無可否中外之情深爲鬱悒歸鄉者猶謂聖躬未安今御殿政以遵舊貫出入起居皆復常度而獨於万機未知裁决臣切惑之詩曰弗躬弗親庶民弗信弗問弗仕勿罔君子臣愚伏願陛下凡兩府及群臣奏事稍留神省察詢訪利害議論是非可則行之否則却之使四方翕然瞻仰聖德億兆群生不勝幸甚取進止

乞經席訪問上殿劄子

臣以駑朽得侍勸講切見陛下天生好學孜孜不倦然於經席之中未嘗發言有所詢問臣愚意陛下欲護群臣之短恐於應對之際倉卒失據不能開陳稠人之中受其愧怍此誠聖心仁恕之極群臣

捐軀無以報塞然臣聞易曰君子學以聚之問以辨之論語曰疑思問記曰有弗問問之弗得弗措也有弗辨辨之弗得弗措也以此言之學非問辨無由發明今　陛下若皆默而識之不加詢訪雖爲臣等疎賤之幸切恐無以宣揚經旨禆助　聖性伏望　陛下自今講筵或有臣等講解未盡之處乞賜詰問或慮一時記憶不能備者許令退歸討論次日别具劄子敷奏庶幾可以補稽古之志成日新之益取進止

乞簡省舉御史條約上殿劄子

臣聞法制之設貴於簡要而失在煩苛官人之道以得賢爲本而資序爲末昔東漢之衰立三互之法婚姻之家及兩州之士不得對相監臨以是幽冀二州

久缺不補蔡邕嘗上疏極陳其弊然則詳其末而遺其本非治世之政也伏見國家每選御史官須中行員外郎以下太常博士以上差遣須通判資序其餘條約甚多是以百僚之中可舉者至少舉而得中者尤稀近日以來爲弊益甚蓋以屢有覃恩官品多高而差遣未至幸而有資序相值者則又未必賢矣夫御史之職但當求忠亮方正之人區區資叙何足比較臣愚欲望　朝廷自今每舉御史其前行員外郎以上即以本官兼侍御史三丞以下及知縣資叙乞充裏行不復更須逐次陳請庶幾取人路廣有可擇

取進止

乞今選人試經義上殿劄子

臣切見國家舊制資蔭出身人初授差遣者並令審官院流內銓試省格詩或賦或論一首五經墨義十道各徒有其名無人願試大率皆乞試詩其間甚有假手於人真僞難辨就使自能作詩辭采高妙施於治民亦無所不可以此便爲殿最臣欲乞今後應資蔭出身人初授差遣者並委審官院流內銓試孝經論語大義共三道仍令主判臣僚更將所對義面加詢問使之口說若義理精通者特為一等并所試大義須與差遣合入家狀者與先次其義理稍通者依常調不通者且令修學候一周年外再試必須試中方得出官若四十歲以上者即聽依舊制只寫家狀讀律如此則公卿大夫子弟皆向學知道亦先王教

胄子之術也取進止

論移張叔詹知蔡州不當上許改知衢州叔詹遂乞致仕朝廷又許之

竊見前知壽州張叔詹因本路監司奏以本州水災叔詹非才乞別差人尋移知蔡州伏緣壽蔡之民皆陛下赤子叔詹旣為政無狀於民有害移彼置此有何所殊況蔡州封部闊遠戶口繁庶土瘠山林素多盜賊地望之重過於壽州牧守之任尤須擇人豈有因不才被斥更得善處若叔詹實有才能惠及於民則當治本路監司罔上誣賢之罪使叔詹仍居舊任不復移易今臧否不分進退無據衆口籍籍皆云未允自前上言為治之要在於擇人賞罰此亦擇人不精賞罰不當之一事也況叔詹資性庸下老而益昏

本無片長授任過分其爲忝冒人盡知之使之從政所至爲害伏乞　朝廷直令致仕或授以冗散之職勿使親民庶幾黜陟明白無損政體

貼黄

國家不次用人固無常法然必使衆心厭服然後爲美且以堯舜非不聰明也其命官皆先謀於衆既衆言僉同復明試以功而後用之故舉不失能而上下雍熙也臣素不識李定實不知其才能如何　陛下果知其賢何不且試之以漸俟其功効顯著衆皆知之然後不次擢用則誰曰不可何必今日與臣下力校勝負殆非人君廣大之體也

言張方平第一劄子

臣伏見　陛下用翰林學士張方平參知政事方平
文章之外無所長姦邪貪猥衆所共知兩府大臣繫
國安危苟非其人為害不細臣職在繩糾不敢塞嘿
伏望　聖慈追寢方平新命以協輿論

言張方平第二劄子

臣近曾上言張方平參知政事不協衆望臣識淺才
下其言固不足采竊若仁宗時包拯最名公直與臺
諫官共言方平姦邪貪猥事迹甚多　陛下儻不知
方平為賢為不肖乞盡令檢取包拯等言方平章奏
及開封府陳升之兩處推勘劉保衡公案并方平在
秦州所奏邊上事宜狀即知臣所言非一人之私論
也今所奏之事尚未蒙施行尋聞除臣翰林學士兼

侍讀學士若臣所言果不是則方平當罷政事若其非是則臣為譖毀忠賢亦當遠貶今兩無所問而臣復還翰林仍加美職臣誠愚憯未曉所謂伏蒙聖慈察臣前言方平事為是為非早賜施行所有新命未敢祗受取進止

增廣司馬温公全集卷第五十六

增廣司馬温公全集卷五十七

奏議

乞差告哀使劄子

乞與傅堯俞等同責降上殿劄子

臣昨任諫官日與其餘臺官等同共論列濮王典禮不宜稱尊號及皇考事前後非一臣尋蒙恩改龍圖閣直學士臣屢曾辭免乞以舊職知河中府等一處朝廷不許止免諫職令同知諫院傅堯俞侍御史知雜事呂誨侍御史范純仁趙鼎趙瞻監察御史裏行呂大防並以責降若所言濮王事合於典禮則堯俞等不當竄逐若所言非是則臣不宜獨免況同時臺諫官竄逐已盡臣實無顏尚居故位同罪異罰有累公朝伏乞與傅堯俞等一例責降取進止

乞責降第二劄子

臣於今月十一日上殿以先任諫官日論列濮王事不當乞賜責降　陛下納下劄子不送中書臣以負罪在身不可苟免若不得臣劄子中書無以進呈行遣遂於次日具録劄子副本繳申中書臣又有此固違　聖旨之罪乞付外施行早賜責降取進止

乞責降第三劄子

臣於今月十一日上殿乞與傅堯俞等一例責降十三日又曾自陳固違　聖旨之罪至今未奉指揮臣向於　陛下即位之年四月二十七日已曾上疏預戒追尊祖父之事及政府謂議濮王典禮　陛下令俟過　仁宗大祥別取旨臣與傅堯俞甫過大祥即詣政府白以為人後者不得顧私親之議及　詔兩制

礼官同共詳定之日臣又獨為衆人手撰奏章若治其罪臣當為首其［己］誨等並係後來論列已蒙譴逐況如臣者豈宜容恕縱　陛下至仁特加保庇能不愧於心伏望　聖慈依臣前奏早賜責降其向所上䟽切慮年月稍久禁中遺失今別録進呈取進止

乞責降第四劄子　次日中使與劉温直宣付迩英閣上向諭令供職

臣自今月十一日巳來已曾三次奏乞與傅堯俞等一例責降未蒙開允今又准中書劄子以侍講缺蒙先奏乞催臣依舊赴經筵供職奉　聖旨令速朝參共職者仰荷大恩所宜奔走奉承　詔旨然臣退循義理有所未安是以不敢苟貪榮祿須至重有敷陳臣與傅堯俞等七人同為臺諫官共論濮王典禮凡

堯俞等所言臣大約皆曾犯之今堯俞等六人已蒙
聖恩盡出外補獨臣一人尚留闕下使天下之人皆
謂臣始則唱率衆人共爲正論終則顧惜禄位苟免
刑章臣雖至愚粗惜名節受此指目何以爲人非徒
如是而已又使譏謗上流謂國家行法有所偏陂臣
是用晝則忘食夕則忘寢入則愧朝廷之士出則
慙道路之人藐然一身措之無地雖知違犯天威
負罪愈重豈敢更復朝參供職伏望聖慈曲垂矜
察依臣前奏早賜責降取進止

乞留傅堯俞等劄子

臣近曾上殿蒙聖恩宣諭以濮王親事去此親字
官家亦本不欲稱假使只稱濮王與仙遊縣君有何

不可臣乃知　陛下至公本無過厚於私親之意直爲政府所誤以致外議紛紜必謂旦夕下詔罷去虛名其已出臺官當别有除改見在臺官亦優加撫諭使之就職昨日忽聞侍御史知雜事傅堯俞知和州侍御史趙鼎通判淄州趙瞻通判汾州中外之人無不驚愕此蓋政府欲閉塞來者使皆不敢言然後得專秉大權逞其胷臆臣切惟　陛下春秋方壯　聖德欽明而今日獨取拒諫之名受孤恩之謗違天下之望失人主之權止於遂政府數人很心而已不知於　陛下有何所利而爲之臣不勝區區深爲　陛下痛惜伏望　陛下勿復詢於政府特發宸斷召還堯俞等下詔更不稱親如此則可以立使　天子憎

懲之氣化爲讙欣誹謗之語更爲謳歌矣取進止

乞留韓維呂景劄子

臣切聞已有指揮龍圖閣直學士韓維差知潁州侍御史呂景與堂除通判未知信否臣切見韓維沈靜方雅於　陛下疇昔官寮之中最有舊譽今者無故稱病求出外人皆不知其故呂景渾厚剛直於今日言事之臣亦爲難得其人身爲臺官坐言事罰銅使羞辱難以立朝不若得貶竄之爲快也然二人皆　陛下心腹耳目之良臣一旦俱從外補於二人甚爲私便臣切爲　陛下惜之伏望　聖慈更賜詳度或且留之左右使拾遺補闕誠有所裨益必若不可留者其臺官乞更不舉人只於舊舉人只於舊臺官呂

大防郭京明馬默等數內斷自 聖意選擇一人以
補其闕所貴得質直之人克厭衆心取進止

乞留呂誨等劄子

臣聞人主患在不聞其過人臣患在不能盡忠是故
忠直敢言之臣國家之至寶也夫以人主之尊下臨
群臣和顏色以來諫重爵賞以勸之群臣猶畏懦而
不敢進又況憚之以威懲之以刑則嘉言何從而至
哉切聞侍御史知雜事臣誨侍御史范純仁監察御
史裏行呂大防因言濮王典禮事被責降中外聞之
無不駭愕臣觀此三人忠亮剛正憂公忘家求諸群
臣罕見其比今一旦以言事太切盡從竄逐臣切為
朝廷惜之臣聞人君所以安榮者莫大於得人心今

陛下詢政府三人之情違舉朝公議尊崇濮王過於
禮制天下之人已知　陛下為　仁宗後志意不專
悵然失望今又取言事之臣群輩逐之臣恐累於
聖德所損不細閭里之間腹非竊歎者多矣況純仁
大防皆　陛下簡拔於衆人之中任為耳目之臣蓋
取其志忠直非取其阿諛也純仁大防亦欲竭誠盡
節以報　陛下之知故敢不附政府侃然正論今更
以此獲罪則　陛下於群臣之中尚誰親哉若使忠
直日退阿諛日進則　陛下何復知臣下之善惡政
事之得失如此殆非國家之福也伏望　聖慈亟令
誨等還臺供職則天下翕然皆歌　陛下之聖明雖
禹之樂聞善言湯之改過不吝不過是矣不然且為

之別改近地一官亦可以少慰外人之心也取進止

乞留吴奎劄子

臣切聞王陶除樞密直學士知陳州吴奎除資政殿學士知青州外議籍籍皆以爲奎不當去所以然者蓋由奎之名望素重於陶雖 今者封還詔書徑歸私第舉動言語頗有過差然外廷之人不知本末但見 陛下爲陶之故罷奎政事其罰太重能不怪駭如此臣恐其大臣皆不自安各求引去 陛下新登大寶先帝梓宮在殯若舉朝大臣紛紛盡去則於四方觀聽殊似非宜臣愚欲望 陛下收還奎青州勑告且留奎在政府以慰士大夫之望安大臣之意陛下以奎逆詔而黜之今已行嘉奎質直而留之

用意尤善奎始負大譴攝服　陛下之英斷今蒙開釋銜戴　陛下之深恩上下歡悅誠無所損昔漢高帝疑蕭何受賈人金械繫於獄感王衛尉一言赦令復位君臣恩禮相待如初況於出入之間何爲不可復留也　陛下素知臣非朋附大臣之人故敢不辟形迹極意盡言但爲　朝廷惜大體耳乞賜裁察取進止

乞復夏倚差遣劄子

臣先任通判幷州事自准經略司牒往麟州句當公事伏見通判本州事夏倚通敏恪勤勇於忠義苟利公家不爲身謀始與臣共議於窟野河西修堡以止西夏侵耕及見管句軍馬公事郭恩勇輕敵倚與

臣書稱恩乃舉乃敗經略司方行止約恩已覆沒倚收撫散兵孤城獲安既而倚與衆人一例獲罪降充監當及今五年兩經大赦應當時河西連累之人罪稍輕者並已復舊差遣惟倚尚合入知縣資序比於衆人獨爲困躓誠可哀憐臣切以倚當日知恩必敗而力不能制恩之敗績實非倚罪兼其人公忠材智誠有可稱不可棄以一眚掩其衆善伏望 聖慈特與復通判差遣庶使任職之臣知徇公獲罪不能久爲身累有所勸慕取進止

乞差告哀使劄子

臣等切見 大行皇帝晏駕已近旬日其告哀於契丹使人尚未進發兼聞不曾素戒使者對答繼嗣之

辭臣等切議深恐非便何則國家旣與契丹約爲兄
弟遭此大喪立當訃告虜中刺探之人所在有之今
天下縞素虜中豈得不知而訃告之人尚未到彼虜
謂中國有何事故能不猜疑自古大宗無則取於小
宗以爲後著在禮典豈爲國惡若虜人有問盡以實
對有何所傷今問繼嗣於使人而使人對以不知事
躰豈得穩便況 陛下初爲 皇子之時詔書以布
告天下虜中安得不知今若答以虛辭不足詐彼而
適足取其笑侮耳 國家自與契丹和親以來五十
有六年生民樂業今國有大故正是鄰敵闚伺之時
豈可便接之失理自生閒隙臣等願 朝廷早決此
議令使人晝夜兼程進發若虜中問及繼嗣皆以實

告孔子曰言忠信雖蠻貊之邦行矣臣等愚意以如
此爲便取進止